Une année de neige

Collection dirigée par Francesca Orlando-Trouvé

Les Éditions Retrouvées, 2017 avec l'autorisation des Éditions Albin Michel

ISBN : 978-2-36559-177-5

Christian Signol

Une année de neige

Roman

Les Éditions Retrouvées

« Le monde est tout entier là où tu es. »
Herman MELVILLE

« C'est quand tout fut couvert de neige
que je m'aperçus que la porte
et les volets étaient bleus. »
Albert CAMUS

1

L'enfant avait tout de suite compris que c'était là-bas qu'il devait partir : loin de ces murs gris au milieu desquels les gens se regardaient sans se voir, loin de ces immeubles où la lumière du jour ne pénétrait jamais, de ces lieux redoutables où un médecin inconnu pouvait vous dire que vous alliez mourir sans que le monde s'arrête de tourner ; sans que personne, à côté de vous, pas même votre propre mère, puisse affirmer le contraire. Là-bas, c'était ailleurs, loin de la ville, des grands immeubles de Choisy-le-Roi, des hautes tours, des façades crasseuses et des fenêtres qui s'ouvrent sur des trains qu'on rêve de prendre et qui ne s'arrêtent jamais. Sébastien aurait bien voulu les prendre, lui, mais il y avait sa mère, seule, désormais, puisque son mari était parti avec une autre, parce que les hommes sont tous les mêmes, et qu'il faut se battre dans la vie — c'est ce qu'elle répétait tous les matins, avec une voix qui avait déjà renoncé à tout, y compris peut-être à sa propre vie.

C'est quand Sébastien avait entendu parler de cette séparation définitive qu'il avait commencé à se sentir mal. Deux ans exactement. Deux ans qu'ils avaient trouvé la lettre de son père, un soir en rentrant, sur la table de la cuisine.

— Il reviendra, avait-elle dit. Je le connais, il reviendra.

Il n'était pas revenu. Au contraire : il avait demandé le divorce. D'ailleurs il aimait trop les voyages, les pays lointains où il les entraînait pour les vacances alors que Sébastien aurait préféré aller là-bas, dans le village où sa mère était née, ce clocher et ces quelques maisons basses au creux d'une vallée, des champs pleins de coquelicots, le ruisseau où ils se baignaient, les soirs d'été, et ces chemins où ils marchaient ensemble, avec les deux vieux, Auguste et Cyprienne, entre deux haies fleuries d'églantiers. Une seule fois, ils avaient pu y aller. Un été où son père n'avait pas souhaité les emmener avec lui, mais l'enfant ne l'avait jamais oublié. Il se souvenait de tout, au contraire, même de la couleur du bol de porcelaine, d'un bleu transparent, dans lequel au matin il trempait son pain, même de l'édredon rouge qui recouvrait son lit dont les draps sentaient les fleurs des champs. Il écrivait pourtant rarement aux deux vieux : c'était si loin, et pour tout dire il avait honte que sa mère, leur fille, vive une autre vie que la leur, qu'elle les ait quittés — il pensait toujours : « abandonnés ». Pourquoi ? Pour qui ? Il avait compris, lui, qu'avoir des parents comme ceux-là, que vivre là-bas c'était une chance, et il lui demandait souvent pourquoi elle était partie.

— C'est la vie, répondait-elle d'une voix lasse. Le travail, tu comprends ?

Non, il ne comprenait pas. À Choisy, il y avait les façades noires de la fumée des anciens trains à vapeur, des fumées des usines d'aujourd'hui, cette noirceur des gens et des choses, cette dureté dans le regard. « Dans trois mois il peut être mort. » Comment s'y faire à dix ans quand on a connu un été de là-bas ?

Au sortir de l'hôpital, ils étaient rentrés sans un mot, dans la pluie et le vent, comme s'ils ne se connaissaient pas. Ils avaient trop peur et comprenaient qu'ils ne devaient surtout pas exprimer cette peur s'ils ne voulaient pas aviver une souffrance déjà trop lourde à porter. Une fois la porte de l'appartement refermée, sa mère s'était écroulée sur le divan et avait murmuré :

— Qu'est-ce qu'il nous arrive ?

Sébastien avait répondu d'une voix dure, avec violence, comme s'il devinait que son seul espoir était là :

— Je veux partir chez mes grands-parents. Demain. Très vite.

Pourquoi avait-il prononcé ces mots-là ? Un souvenir, comme un éclair, venait de traverser son esprit : là-bas, un matin d'été, un vieil homme plié en deux par la douleur avait été amené à son grand-père, qui l'avait soigné. Guéri, même, puisque deux heures après le malade repartait, non plus soutenu, mais sur ses jambes, seul, sans la moindre trace de souffrance sur son visage.

— Ce n'est pas possible, avait soupiré sa mère. Ils ne pourront pas s'occuper de toi.

— Si. Ils le pourront.

Il avait ajouté, toujours aussi fermement :

— Téléphone !

— Comme ça ? Tout de suite ?

— Oui, tout de suite, ou alors…

Il n'avait pas trouvé ses mots, car ceux du médecin s'entrechoquaient encore dans sa tête : « Leucémie aiguë avec anémie grave. Il faut agir vite. » Sébastien ne se sentait pas malade, pourtant, à part ces saignements de nez, cette pâleur étrange de son visage, cette impression d'extrême faiblesse et cette sensation de vivre dans un froid intense, un froid jamais ressenti jusqu'alors, un froid qui circulait dans ses veines, pétrifiait son cœur, comme s'il battait dans la neige.

Il n'avait jamais douté que les deux vieux accepteraient de le prendre avec eux. Cet homme et cette femme qu'il connaissait si peu n'étaient pas de ceux qui refusent un secours à qui que ce soit. Et en effet, ils avaient dit oui, tout de suite, sans discuter, sans demander d'explications, tandis que leur fille unique balbutiait des mots incompréhensibles en étouffant ses sanglots. Pourtant, au cours des deux jours qui avaient suivi, elle avait trouvé l'énergie de faire le nécessaire. Le dossier de son fils allait être transmis par l'Institut Curie au centre de traitement anticancéreux de l'hôpital La Grave à Toulouse. Auguste et

Cyprienne l'y conduiraient chaque fois que ce serait nécessaire et resteraient près de lui aussi longtemps qu'il le faudrait. Huit jours suffiraient pour régler les modalités pratiques de ce transfert.

Depuis le coup de téléphone, Sébastien se sentait un peu mieux. C'était comme si la peur de ce mercredi 10 avril 1990 demeurait endormie dans un coin de sa tête. Il parvenait à y penser avec moins d'angoisse, même s'il ne cessait de se poser des questions. Il allait peut-être mourir. Qu'est-ce que c'était que mourir ? Est-ce que c'était souffrir ? Il avait demandé à sa mère, mais elle n'avait pas su lui répondre. Et qu'y avait-il après la vie ? Comment c'était là-bas ? Y avait-il seulement un là-bas ? De toutes ses forces il tentait de s'imaginer que là-bas, c'était comme chez ses grands-parents, et il s'évertuait à ne pas imaginer autre chose. Un refuge. Un port. Sans souffrance. Sans médecin inconnu. Des prés, des champs, des arbres. Plus jamais de peur. Plus jamais cette morsure au fond de son estomac, ce souffle coupé. Pouvait-on mourir à dix ans ? Non. C'était impossible. Auguste et Cyprienne le savaient, eux, que c'était impossible, et ils le lui confirmeraient, assurément, dès qu'il leur poserait la question — de cela au moins Sébastien était persuadé.

On était samedi, et ils avaient pris le train, avec sa mère, le matin de très bonne heure pour là-bas : un village aux toits bruns, aux murs d'un jaune ocre, situé à la frontière du Lot et de la Dordogne, le seul lieu où, Sébastien en était sûr, le malheur n'existait pas. Comment s'appelait-il ? Millac ? Oui : Millac. Ça ne voulait pas dire grand-chose, et pourtant, rien que de prononcer ces deux syllabes dans sa tête, il se sentait un peu moins en danger.

Le train traversait une immense plaine qui, par endroits, reverdissait en ce milieu du mois d'avril. Sébastien était assis face à sa mère qui avait fermé les yeux. Elle était fatiguée. Toujours fatiguée. Toujours débordée par son travail de comptable dans une société de transports située à l'autre extrémité de Paris. Car il avait fallu déménager après le divorce : quitter le dix-huitième arrondissement pour Choisy-le-Roi. Elle ramenait des dossiers chez elle, veillait tard, se levait de bonne heure pour s'occuper des affaires de son fils, mais elle ne le voyait plus, ne l'embrassait plus le matin au moment du départ ni le soir au moment du coucher, comme si, désormais, rien n'avait plus d'importance, si ce n'étaient ces comptes, ces chiffres alignés qui n'avaient pour lui pas la moindre signification.

À quarante et un ans elle aurait été belle, encore, avec ses cheveux noirs, sa peau mate, si une mince étincelle avait éclairé ses yeux verts. Mais il n'y avait plus le moindre éclat en eux. Elle s'était mariée à vingt-huit ans, avait eu Sébastien trois ans plus tard. Cela faisait dix ans. La vie toute simple. Le destin de milliers d'autres : elle était montée à Paris à vingt-deux ans pour trouver du travail, son diplôme de secrétaire comptable en poche. Son mari, lui, travaillait dans l'informatique. Un génie dans sa discipline à ce qu'il prétendait, mais ce devait être vrai puisqu'il était appelé souvent en province ou à l'étranger. Et voilà ce qu'était la vie. Aujourd'hui, à quarante et un ans, elle avait un fils qui allait peut-être mourir et elle ne se sentait pas la force de l'aider, de le porter vers la guérison, de le sauver.

Sébastien aperçut deux larmes pourtant vite essuyées sur les joues de sa mère, et la sensation de tomber dans le vide au milieu des flocons de neige se réveilla en lui.

— Est-ce que je pleure, moi ? fit-il sans dissimuler une pointe d'agressivité.

Elle sursauta, ouvrit brusquement les yeux, tenta de lui sourire. Ce qu'il aurait souhaité, en cet instant, c'eût été qu'elle lui prît la main pour l'empêcher de chuter dans le vide, mais comment lui dire sans lui faire encore plus peur, comment trouver les mots pour exprimer un tel besoin ? Il se tut, s'efforça de concentrer son attention sur les bouquets d'arbres qui formaient des îlots sombres au milieu des terres grises, suivit du regard des oiseaux dans le ciel, se demanda où allaient les oiseaux qui mouraient, s'ils souffraient comme les petits des hommes, s'ils avaient peur, comme eux, de la neige ou de ce froid glacial qui devait les saisir, parfois, brutalement, cruellement. Et il demeura un long moment avec sa peur, seul, sans secours, jusqu'à ce qu'il s'assoupisse enfin.

Quand il se réveilla, la campagne à travers la vitre n'était plus la même : des collines boisées, d'un brun cendré, avaient succédé à l'immense plaine, et il n'y avait plus d'oiseaux dans le ciel. Il croisa le regard de sa mère qui lui sourit.

— Tu as dormi, dit-elle.

Il ne répondit pas. Il savait déjà qu'il y avait entre eux une distance infranchissable parce que, malgré ses efforts, elle ne pouvait rien pour lui. Il lui en voulait, inconsciemment, de cette impuissance, de le laisser seul, terriblement seul, dans cette neige où ses pieds s'enfonçaient, alors qu'il tendait vers elle une main qu'elle paraissait ne pas voir.

— Tu as mal ?

Il fit non de la tête. Elle comprit qu'il était de son devoir de parler, de se rapprocher de lui, et lui fit des recommandations qui étaient bien éloignées de ce qu'il attendait d'elle :

— Il ne faudra pas trop les fatiguer. Ils ont soixante-huit et soixante-neuf ans, maintenant. Ils sont à la retraite, mais ils continuent de travailler. Ce que le temps passe, tout de même !

Sébastien ne l'écoutait plus. Il essayait de se souvenir d'Auguste et de Cyprienne, mais il y parvenait mal, parce qu'il y avait cinq ans qu'il ne les avait pas vus. Il lui tardait de retrouver ces deux visages, dans lesquels il avait découvert à l'époque quelque chose qu'il ne connaissait pas. Qu'était-ce donc ? Il ne s'était jamais vraiment posé la question jusqu'à ce matin, ne parvenait pas à le définir. Tout ce qu'il savait, c'était que chaque fois qu'il avait pensé à eux, il avait été heureux.

— Tu m'écoutes, Sébastien ?

Il hocha la tête une nouvelle fois, mais n'écouta pas davantage. Elle comprit qu'il était désormais hors de portée, poussa un long soupir puis se tut.

La fin du voyage parut interminable à l'enfant qui chercha à s'évader, à oublier, en ouvrant un livre. C'était l'une de ces BD dans lesquelles un héros vengeur et pourvu de pouvoirs extraordinaires vient à bout d'êtres maléfiques. Sébastien l'envia, réussit à se glisser dans la peau du guerrier vainqueur et, pendant quelques instants, parvint vraiment à croire qu'il avait la faculté de triompher de tout. Mais la neige se mit bientôt à retomber autour de lui, et il frissonna.

— Tu as froid ? demanda-t-elle.

— Un peu.

— Il fait bon pourtant. Tu veux un autre pull ?

— Non, ça va passer.

Il songeait que ça passerait sûrement dès l'instant où il poserait les pieds sur le quai de la gare de là-bas. Il s'aperçut qu'il n'avait pas jeté le moindre regard à l'intérieur du compartiment, n'en fut pas étonné. Depuis le fameux jour où le médecin lui avait appris la nouvelle, par une sorte d'instinct de protection, il s'était comme retiré en lui-même. Il s'agissait de ne pas laisser la moindre prise au monde extérieur pour éviter qu'il n'ajoute la moindre souffrance à celle qui, déjà, était trop grande pour lui. Il se sentait écrasé par une montagne de neige. C'était étrange, songeait-il, peut-être comparable à ce que devaient ressentir ceux qui étaient pris sous une avalanche. Mais cette idée ne résistait pas à la peur véritable. Cette peur se situait bien au-delà de tout ce qu'il pouvait imaginer. Et la solitude qu'elle engendrait était insupportable. Voilà pourquoi il avait voulu partir chez les deux seuls êtres au monde qu'il croyait capables de franchir le mur de glace qui l'isolait des vivants. En même temps, cette peur provoquait par moments un sentiment de révolte contre l'injustice qui lui était faite. Pourquoi était-il frappé de la sorte, lui, alors que tant d'autres enfants ne tomberaient jamais malades ?

— Pourquoi moi ? s'entendit-il demander. Qu'est-ce que j'ai fait de mal ?

Sa mère devint livide.

— Tu n'as rien fait de mal, répondit-elle d'une voix très douce. C'est comme ça.

Elle se troubla, bredouilla :

— C'est le hasard, c'est tout. Un malheureux hasard. Ça arrive parfois, dans la vie. On n'y peut rien.

Ce défaitisme, ce renoncement le révoltèrent. Décidément, il n'y avait rien à attendre, rien à espérer de ce côté-là. Il le comprit, soupira, demanda :

— On arrive bientôt ?

— Oui, bientôt. On vient de passer Souillac et on va arriver à Gourdon. C'est là qu'on descend. Ils nous attendront à la gare.

Durant les trois quarts d'heure qui suivirent, il s'efforça de reconnaître les arbres, les champs, les prés qu'il avait connus cinq ans plus tôt, mais la saison n'était pas la même, et le monde qu'il redécouvrait lui paraissait étranger, le faisant soudain douter de l'utilité de ce voyage. Cela ne dura pas, heureusement, car les premières maisons d'une petite ville apparurent, qui semblaient s'être regroupées au pied d'un château et de ses remparts d'un beau jaune paille. Le train s'immobilisa enfin dans une gare située au milieu d'une grande plaine qui commençait à reverdir, et au-dessus de laquelle le ciel était d'un bleu très clair, parsemé de fins nuages de laine. C'est ce que remarqua d'abord Sébastien, une fois descendu, tandis que sa mère désignait du doigt deux silhouettes au bout du quai.

— Ils sont là-bas. Regarde !

Il voulut courir, mais il n'osa pas. Déjà Cyprienne s'avançait, suivie par Auguste. Vingt mètres les séparaient seulement. Sébastien eut peur, tout à coup, de s'être trompé, mais les deux bras qui l'empoignèrent lui firent ressentir qu'il y avait bien en eux la force espérée. Les mots ne firent qu'accentuer cette impression, lui arrachèrent une plainte de soulagement.

— À la bonne heure ! disait Cyprienne. On se languissait de toi, tu sais.

Elle était telle qu'il en avait gardé le souvenir : les cheveux bruns peignés en chignon, ronde, les yeux noirs, dégageant une sorte de vitalité qui la faisait déjà s'emparer des bagages, et disait.

— Vous devez avoir faim.

— Un peu, répondit sa fille.

— Alors, mon gars ! Tu en as mis du temps à revenir nous voir !

C'était Auguste qui, s'étant rapproché, posait sa main sur l'épaule de l'enfant, le pressait contre lui, et cette main, déjà, avait quelque chose de tellement rassurant qu'il la serra violemment, de toutes ses forces. Auguste non plus n'avait guère changé ; le front haut sous des cheveux pratiquement inexistants, son éternel sourire aux lèvres, rond, calme, et des yeux d'un bleu si clair qu'on avait l'impression de voir au travers de lui. Même ses pantalons étaient bleus, mais d'un bleu sombre, comme en portent les ouvriers. Au-dessus : une chemise à carreaux et un blouson qui devait être neuf — Cyprienne l'avait sans doute acheté pour l'occasion. Elle-même s'était mise « en dimanche », portait une jupe, un chemisier, et une petite veste de laine grise. Elle marchait devant, déjà, montrant la route aux siens comme elle avait toujours montré la route à Auguste.

— J'ai fait cuire un poulet à la cocotte, dit-elle en se retournant, comme si c'était ce qu'il y avait ce matin de plus important au monde.

Sébastien eut faim, tout à coup, et il pressa le pas, vaguement étonné, cependant, que ses grands-parents n'aient pas demandé des nouvelles de sa santé.

Une fois dans la cour bordée de tilleuls et de robiniers, ils montèrent dans une Renault qui devait avoir au moins vingt ans d'âge. Auguste prit le volant, Cyprienne s'assit à l'arrière près de Sébastien, tandis que sa fille s'installait à l'avant, car elle souffrait du mal des transports. La voiture contourna la ville, tourna à droite à un carrefour, puis s'engagea dans une petite route entre des chênes, des frênes et des érables qui portaient de petites feuilles à peine écloses. Un peu plus loin, au bas d'une longue descente, elle entra dans le soleil, et Sébastien, aussitôt, eut la sensation que le froid le quittait.

Au cours du repas, ils n'avaient pas osé parler devant Sébastien. Ils avaient attendu qu'il sorte dans la cour. Il avait compris que c'était un souhait de sa mère, qu'elle devait maintenant donner ses instructions à ses parents. Il s'était assis sous le tilleul à côté de l'ancien puits qui, aujourd'hui, servait uniquement à arroser le jardin. Le domaine réservé de Cyprienne, qui y cultivait des légumes de toutes sortes. Il se trouvait de l'autre côté de la cour, et l'on y accédait par un portillon toujours fermé, à cause des poules. En face, dans le prolongement de la maison, une remise et un hangar abritaient des outils qui semblaient à l'abandon. Sur la droite, l'étable qui servait aussi de grange et dont la porte du fenil était ouverte paraissait vide.

Sébastien observait la maison basse, sans étage, aux murs d'un jaune orangé, aux volets bleus, au toit de tuiles brunes, quand la porte s'ouvrit. Auguste apparut, se dirigea vers lui et dit :

— Tu viens ? Il faut que j'aille chercher les bêtes.

Sébastien se souvint : l'année où il était venu, il allait aussi rentrer les vaches, le soir, en compagnie d'Auguste. Il y en avait bien une quinzaine au moins. Auguste paraissait content : il n'était pas fâché de pouvoir s'échapper, afin de se soustraire à l'emprise ménagère des femmes. Sébastien le comprit, lui emboîta le pas.

— Combien en as-tu aujourd'hui ? demanda-t-il.

— Plus que trois.

— Seulement ?

— Je suis à la retraite, tu comprends, fit Auguste qui semblait ne pas y croire.

— Et les champs, alors ?

— On a loué les terres. On a gardé seulement le grand pré pour le foin.

Sébastien conservait le souvenir de fenaisons, de vendanges, mais aussi de querelles affectueuses entre Cyprienne et Auguste. Celui-ci n'était jamais où on croyait le trouver, car il partait sur les chemins pour chercher ses herbes. Auguste, en effet, soignait les gens, ou plutôt soulageait ceux que la médecine traditionnelle ne satisfaisait pas. Il avait aussi un don de guérison. Il imposait les mains et enlevait le feu. Il était également sourcier et l'on venait le chercher de très loin pour savoir où creuser. Bref, Auguste était un original, qui ne se pressait jamais et semblait n'avoir jamais assez de temps pour jouir du monde qui l'entourait. Un contemplatif, heureux de rien, qui avait toujours laissé à Cyprienne le soin de mener la maison, et de lui indiquer ce qu'il fallait faire, ce « qui pressait ». Ils avaient vécu de la vente du lait, d'un peu de blé, de maïs, de tabac, des légumes que Cyprienne portait au marché de Gourdon, le samedi. Autant dire qu'ils disposaient de peu d'argent, mais ils ne s'en inquiétaient guère : ils n'avaient jamais manqué de rien dans leur vie économe et dépouillée du moindre luxe.

Ils traversèrent la place entourée de grands platanes, sous lesquels des hommes nonchalants jouaient aux boules.

— Dépêche-toi, Auguste, il va pleuvoir ! lança l'un d'eux, provoquant le rire de ses compagnons.

Auguste haussa les épaules mais ne répondit pas.

— Viens ! dit-il à Sébastien qui s'était arrêté, ne sachant si son grand-père allait répliquer ou pas.

De l'autre côté de la place, ils passèrent devant l'église romane coiffée d'ardoises, prirent la route de Groléjac qui s'en allait nonchalamment entre des érables et des noisetiers, puis ils tournèrent à droite sur un chemin de terre qui montait vers une colline couverte de chênes nains.

— On va passer par la vigne, dit Auguste. Je veux voir si la taille a changé de couleur.

Ils eurent vite fait de sortir du village qui ne comportait qu'une trentaine de maisons, et où vivaient une soixantaine d'habitants. La vigne d'Auguste, dont il tirait son vin de l'année, se trouvait deux cents mètres plus haut, derrière un rideau de petits chênes dont certains portaient encore leurs feuilles cuivrées de l'année précédente.

Pendant qu'Auguste, de la main, examinait les sarments taillés depuis le mois de février, Sébastien retrouvait des sensations oubliées, le souvenir des « quatre-heures » pris à l'ombre avec son grand-père, cet été-là, une fois posée sa cuve de sulfate, tandis qu'il s'épongeait le front en souriant.

— On est mieux ici qu'avec les femmes, pas vrai ? dit Auguste avec un sourire qu'il voulait complice.

L'enfant constata dans ses yeux qu'il était ému, qu'il ne savait comment se comporter, et il lui sembla que l'instant était grave. Auguste lui parla de la vigne, des fleurs d'aubépine qu'ils iraient cueillir demain, ou après-demain, après la rosée, lui demanda des nouvelles de l'école, mais ce n'était pas ce que Sébastien espérait. Il s'approcha de son grand-père, planta son regard dans le sien et demanda brusquement :

— Dis, Auguste, est-ce que tu sais que je suis malade ?

Les yeux de l'homme devinrent comme une source claire, mais il ne cilla pas et répondit :

— Bien sûr que je le sais.

— Alors tu vas me soigner ? demanda Sébastien, plein d'espoir.

Le visage d'Auguste se ferma pendant quelques brèves secondes, puis il répondit doucement.

— Non, avec mes herbes je ne peux pas te soigner.

Sébastien, prenant conscience à cet instant que c'était peut-être cet espoir qui l'avait poussé à venir au village, vacilla.

— Tu penses que je vais mourir ?

— Bien sûr que non, fit Auguste d'une voix offusquée. Qu'est-ce que tu dis là ? Crois-tu que je laisserais faire une chose pareille ?

Les yeux d'Auguste parurent à Sébastien encore plus grands, plus brillants. Il se sentit protégé, près de cet homme si calme, jamais pressé, que rien ne semblait pouvoir inquiéter.

— Non, dit Sébastien, je suis sûr que non.

— À la bonne heure ! fit Auguste. C'est ce que j'attendais de mon petit-fils.

Il posa une main sur l'épaule de l'enfant, ajouta :

— Et puis tu sais, s'il y a quelqu'un qui doit mourir, ici, c'est moi.

— Pourquoi, fit Sébastien, tu es malade ?

— Cyprienne dit que je suis malade de la tête et je crois qu'elle a un peu raison.

Sébastien se mit à rire, et il lui sembla que le sang qui circulait dans ses veines se réchauffait, soudain, grâce aux mots qu'il venait d'entendre, grâce au sourire et au regard de son grand-père, mais aussi à cette lumière dorée qui coulait sur cette vigne et sur les pierres jaunes qui parsemaient la terre entre les ceps. Il pensait intensément à ce que lui avait dit Auguste, à cette sorte d'assurance, de conviction qui lui faisait tellement de bien. Auguste, lui, se demandait s'il aurait la force de ne pas trahir l'inquiétude qui était née en lui le jour où sa fille avait téléphoné. Certes, ils n'avaient pas hésité, avec Cyprienne, à accueillir leur petit-fils en des circonstances aussi douloureuses, mais l'un et l'autre savaient qu'ils allaient souffrir. De ces souffrances-là, de la maladie et du malheur, ils n'avaient pas l'habitude de parler. Ils ne les traitaient pas par le mépris mais par le silence et le courage. C'était ainsi que, depuis toujours, ils avaient traversé les épreuves de la vie. Auguste savait aussi qu'il pouvait compter sur sa femme. Elle ne renoncerait pas, elle irait jusqu'au bout, comme toujours. Mais lui, en aurait-il la force ?

Il se dirigea vers un vieux pêcher qui donnait des fruits délicieux et semblait régner sur les ceps.

— Tu aimes les pêches de vigne ?

— Je ne sais pas. Je crois que j'en ai jamais mangé, répondit Sébastien.

— Mais si, je t'en ai donné l'année où tu es venu.

Sébastien se souvint, tout à coup, de la chair blanche et sucrée, et il lui sembla qu'il ne s'était rien produit depuis, que le monde était resté le même, sans menace, sans danger.

— On va rentrer parce qu'elles s'inquiéteraient, dit Auguste.

Et il ajouta, d'un air entendu :

— Les femmes, tu sais...

Ils redescendirent par le sentier à flanc de colline, trouvèrent la route, prirent à gauche pour entrer dans un pré. Les vaches, immobiles de l'autre côté de la clôture, semblaient attendre leur maître. Il y en avait trois, toutes de robe différente : une blanche, une rouge et une noire — une Aubrac, une Salers et une Bretonne. Auguste ouvrit la barrière, et elles passèrent devant eux sans un regard, d'un pas décidé.

De nouveau, dans cette paix du soir et près de cet homme tellement rassurant, Sébastien ressentit la révolte familière contre le sort qui lui était fait. Il faillit poser à Auguste la même question qu'il avait posée à sa mère dans le train, mais il lui sembla que parler eût altéré l'impression nouvelle de sécurité qui, depuis son arrivée, lui faisait tant de bien. Il préféra se taire. D'ailleurs il n'y avait pas de réponse au « pourquoi moi ? » qui ne cessait de le hanter.

Ils n'entrèrent pas dans le village, mais suivirent le chemin qui sinuait dans la vallée, entre deux haies poudrées de minuscules fleurs blanches. Sur leur droite, des peupliers et des saules escortaient fidèlement le ruisseau ; à gauche, des champs et des prés se succédaient jusqu'à des collines plus basses, là-bas, très loin, sembla-t-il à Sébastien qui s'arrêta brusquement et demanda :

— Tu ne vends plus de lait, alors ?

— Non. La noire en donne encore, mais juste pour nous. Les deux autres donnent des veaux.

Et, comme Sébastien semblait ne pas comprendre :

— Tu sais, le lait, même avec les trayeuses, c'était du travail. Et encore, du temps où on trayait à la main, c'était bien pire.

— Mais alors vous vivez de quoi ?

— Oh ! fit Auguste, on n'a jamais eu beaucoup de sous, mais on n'en est pas morts.

Et il ajouta, tout d'un coup réjoui :

— Et puis j'ai ma retraite.

Auguste parut réaliser que Sébastien s'inquiétait pour eux alors que c'était lui qui était malade, et son sourire se figea. Il sembla plus grave, soudain, et reprit :

— Je suis sûr que tu vas guérir, ici.

Il ajouta, avant de se remettre en route :

— Tu es notre petit-fils, à Cyprienne et à moi. Tant que tu seras avec nous, il ne pourra rien t'arriver de grave. Il faut me croire.

— Je te crois, Auguste.

— À la bonne heure ! Allez ! dépêchons-nous que nous allons nous faire sonner les cloches.

Auguste avait des mots, des expressions qui n'appartenaient qu'à lui. Ils étaient tellement différents de ce que Sébastien avait l'habitude d'entendre qu'il eut la conviction d'avoir changé de monde, et l'espoir lui vint d'avoir laissé à Choisy le mal dont il était atteint.

Le lendemain, au début de l'après-midi, Auguste ramena sa fille à la gare de Gourdon et Sébastien resta avec Cyprienne au village. La mère de Sébastien avait voulu éviter une séparation sur un quai de gare, prétendant que ce serait beaucoup trop dur pour elle. Elle avait renouvelé ses instructions avant de partir, en présence du médecin du village appelé pour la circonstance. C'était un jeune homme au front haut, aux yeux noirs, légèrement frisé, à la poignée de main franche, qui avait tout de suite inspiré confiance à Sébastien. Rien de ce que lui avait dit la mère de l'enfant n'avait semblé le surprendre. Le premier rendez-vous à Toulouse serait fixé avant huit jours. Lui-même devait passer tous les trois jours chez Auguste et Cyprienne. En cas d'urgence, il faudrait transporter l'enfant à l'hôpital de Gourdon. Le jeune médecin avait approuvé de la tête, assuré que l'on pouvait compter sur lui et regagné sa voiture dont le moteur avait rugi comme celui d'un bolide de course.

Sébastien se retrouvait seul avec Cyprienne, qui lui avait donné du pain et de la confiture pour le quatre-heures traditionnel. Il ne savait pas quoi lui dire, était intimidé par cette femme si forte, si énergique, qui avait dit en rentrant, après le départ de sa fille :

— Ah ! Cette Nicole !

Sébastien n'avait su s'il fallait y voir du mécontentement ou au contraire de la considération. Il avait presque oublié que sa mère se prénommait Nicole, ne l'ayant jamais appelée que maman. Et Cyprienne continuait à hocher la tête en s'affairant devant sa cuisinière. Elle portait sa tenue de tous les jours : une robe bleue à pois blancs et un tablier noir sur lequel elle essuyait souvent ses mains constamment occupées. Sébastien devinait qu'elle s'affairait parce qu'elle était émue, gênée, comme Auguste la veille, quand il s'était trouvé pour la première fois seul avec lui.

Il l'observa un moment, qui allait de la cheminée à l'évier situé entre la cuisinière électrique et le réfrigérateur. Elle se mit à éplucher des pommes de terre sur la table, face à Sébastien, sans lui jeter le moindre regard. Il avait envie de lui poser les mêmes questions qu'à Auguste, mais il n'osait pas. Il y avait chez cette femme quelque chose qui arrêtait. Il ne savait trop quoi, mais il devinait qu'elle n'était pas portée à s'apitoyer sur qui que ce soit.

— Tu mangeais de la confiture, là-bas ? demanda-t-elle brusquement avec, dans la voix, cette nuance de mépris, pour le moins de méfiance, qu'elle portait à tout ce qui concernait les villes, Paris en particulier.

— De temps en temps.

Il était intimidé, n'osait lever les yeux sur elle qui s'en était aperçue et souriait d'un air malicieux, presque moqueur, comme si elle avait oublié pourquoi son petit-fils se trouvait là, aujourd'hui, face à elle.

— Tu mangeais où, le midi ? reprit-elle.

— À la cantine de l'école.

— C'était bon ?

— Pas trop.

— Ça ne m'étonne pas.

Elle avait fait de la nourriture la condition essentielle à une bonne santé, et pour elle les choses étaient simples : pour vivre bien, il fallait manger sainement, c'est-à-dire des produits que l'on cultivait soi-même. Tout le reste était du poison. De surcroît, sa vision du monde l'incitait à penser qu'au-delà d'un rayon de vingt kilomètres autour de son village, régnaient le vice et le malheur. Il est vrai que la vie ne l'avait pas épargnée. C'était une enfant abandonnée, souvent maltraitée, qui avait été recueillie dans une ferme du côté de Domme et qui avait travaillé toute sa jeunesse dans les champs. À dix-huit ans, elle avait rencontré Auguste dans une fête de village. Trois mois plus tard, ils se mariaient. Des premières années de son existence, elle avait gardé une volonté farouche de survie, une habitude de se battre contre l'adversité, et elle avait éprouvé, depuis, la conviction d'être devenue une privilégiée, près d'Auguste, dans la petite propriété qu'il avait héritée de ses parents.

Sébastien avait senti une sorte d'hostilité de sa part, et il se demandait si c'était parce qu'il ne parlait pas. Peut-être ne comprenait-elle pas pourquoi il demeurait silencieux et en était-elle vexée. Il posa alors la première question qui lui vint à l'esprit, une question qui était bien éloignée de ses préoccupations, mais qui lui était venue sans qu'il y réfléchisse :

— Il est content, Auguste, d'être à la retraite ?

— Oh ! Tu sais, Auguste, répondit-elle, il a été à la retraite toute sa vie.

— Il travaillait, pourtant.

— Oui, si on veut.

Elle ajouta, avec une sorte de complicité dans la voix :

— Il pensait plutôt à courir les chemins.

— Pour ses herbes ?

— Oui, c'est ça, pour ses herbes.

La conversation s'éloignait de plus en plus des préoccupations de Sébastien. Pourtant, au moment où il s'y attendait le moins, ce fut Cyprienne qui s'en approcha en soupirant :

— Ses herbes qui guérissent, du moins le croit-il.

— Il n'a jamais guéri personne ?

— Oh ! il en a peut-être soulagé, mais de là à les guérir vraiment !

Elle haussa les épaules, reprit :

— Qu'est-ce que tu veux, c'est une manie chez lui.

Il sembla à Sébastien que sa voix portait maintenant comme une sorte de fausse indignation.

— Il a toujours été comme ça, reprit-elle, et c'est pas maintenant que je vais le changer.

Le silence retomba. Elle épluchait ses légumes adroitement, et Sébastien, qui avait fini de manger, demeurait face à elle, hésitant, ne sachant s'il pouvait poser ou pas les questions qui l'obsédaient. Il se demandait en même temps pourquoi il n'osait pas alors qu'il n'avait pas hésité à interroger Auguste. Il fallait pourtant savoir si Cyprienne pensait la même chose que son mari. Au terme de quelques secondes durant lesquelles il retint son souffle en se forgeant une détermination, il murmura :

— Est-ce que tu crois que je vais mourir ?

Il avait parlé bas, tout bas, et, comme elle ne répondait pas, il crut qu'elle n'avait pas entendu. Pourtant, maintenant, il ne se sentait pas la force de reposer la question. Les doigts de Cyprienne s'activaient plus rapidement sur les pommes de terre et il ne pouvait pas comprendre qu'elle cherchait en elle les mots dont elle mesurait l'importance. Il reposa sa question, un ton plus haut.

— Oh ! Tout de même ! Entendre des choses pareilles, ici, dans ma maison ! s'écria-t-elle avec une colère dont il ne sut si elle était feinte ou pas. Tu veux me faire perdre mes cheveux, dis ? Tu n'es pas bien ici ?

— Si, bien sûr.

— Alors ?

— Justement, dit-il tout bas.

— Justement quoi ?

— Je ne voudrais pas vous perdre.

Elle se leva, lança d'une voix sans la moindre émotion :

— Oh ! Que tant d'affaires pour un microbe de rien du tout ! T'as pas autre chose à penser que de telles bêtises ?

Cette indignation vigoureuse lui parut tellement sincère qu'il choisit de la faire sienne, de l'accepter. Il se sentit mieux, aussitôt, si apaisé qu'il se hâta de changer de sujet pour ne pas rompre la précieuse sécurité dans laquelle Cyprienne, comme Auguste la veille, l'avait hissé. Il aurait voulu lui dire à quel point elle lui avait fait du bien, mais il se heurta au même barrage du regard. Elle ne se laisserait pas attendrir, et c'était bien ainsi. Il avisa le poste de télévision posé sur le buffet à l'opposé de l'évier et de la cuisinière, demanda :

— Je peux allumer la télé ?

— Pour ce qu'ils nous font voir !

— Vous ne l'allumez jamais ?

— Auguste regarde les informations, moi je ne regarde jamais.

— Pourquoi ?

Cyprienne haussa les épaules, maugréa :

— Ce sont des grimaciers.

Il hésita, demanda de nouveau :

— Je peux quand même ?

— Fais comme tu veux. Moi, je vais aller donner à mes bêtes.

Et elle sortit aussitôt, le laissant un peu désemparé, pensant qu'elle était fâchée contre lui. Aussi ne regarda-t-il pas longtemps les images d'un film dont il n'avait pas vu le début. Il éteignit, sortit, rejoignit Cyprienne qui, d'abord, fit comme si elle ne remarquait pas sa présence. Il devina cependant qu'elle était contente au moment où elle lui tendit une brassée d'herbe en lui disant :

— Tiens, donne à la porte à côté.

Il l'aida à ravitailler aussi les volailles, puis ils s'assirent un moment sous le tilleul, à côté du puits.

— Auguste ne va pas tarder, dit-elle.

Il lui sembla qu'il y avait dans ces mots une promesse de bonheur : entre Auguste et Cyprienne, il était doublement protégé. Il avait eu raison de venir jusqu'à eux. Cet homme et cette femme, il en était sûr maintenant, étaient capables de le porter jusqu'à la guérison. Il y avait dans leurs yeux, dans leurs gestes, leurs paroles, une chaleur qui allait faire fondre définitivement la neige sous laquelle il avait failli être enseveli.

2

Le moment du départ pour Toulouse était arrivé. Sébastien avait beau penser à ces trois journées en compagnie d'Auguste dans les prés et les champs, ce matin, en déjeunant, le froid était revenu en lui. Qu'est-ce qui l'attendait là-bas ? La souffrance et la peur ? Il sentait bien que les deux vieux, aussi, n'étaient pas très rassurés. Ils faisaient comme si, mais ils n'étaient pas habitués à la grande ville, et l'effort que ce court voyage nécessitait les rendait fébriles, différents de ce qu'ils montraient depuis son arrivée. Sa mère avait précisé qu'ils devaient se rendre à Toulouse en taxi — plus précisément en VSL : véhicule sanitaire léger — mais l'accord de la caisse d'assurance maladie ne leur était pas parvenu et ils allaient partir en train. Ils prendraient un taxi seulement à la gare, pour se rendre dans une annexe de l'hôpital La Grave où se trouvait le centre de traitement anticancéreux. Auguste ne se sentait pas capable de conduire si loin et de s'y retrouver dans une si grande ville. D'ailleurs, sa voiture rendrait certainement l'âme avant. Là-bas, on leur dirait combien de temps Sébastien devrait rester hospitalisé pour un début de traitement. Pas plus de trois jours en tout cas. Plus probablement deux. Ils verraient sur place.

— Dépêche-toi, ordonna Cyprienne. Auguste ne roule pas vite, tu sais, et il faut au moins une demi-heure pour se rendre à la gare.

Sébastien sentait l'épouvante l'envahir. Il allait tout d'un coup se trouver en territoire inconnu, et il faisait tout pour se retarder, manquer le train, demeurer ici, en ces lieux protégés, où il avait réussi, en quelques jours seulement, à oublier la menace qui pesait sur lui.

Les deux vieux le comprirent et furent obligés de le bousculer un peu. Au dernier moment, Cyprienne le prit par la main et elle s'installa à l'arrière, près de lui. Sébastien regarda par la fenêtre défiler les prés et les bois, le long de cette route qu'il avait trouvée si belle quelques jours auparavant et qui, ce matin, à cause du temps couvert, lui paraissait grise. Il aperçut des vaches blanches groupées sous un chêne, un chien errant, une fillette à bicyclette qu'il envia d'être si libre, si vive, alors qu'il avait, lui, l'impression d'être un prisonnier. Plus loin, ils traversèrent un hameau désert, des prairies, puis la route se mit à monter vers la ville dont la partie haute — remparts, églises et château — émergeait à peine du brouillard.

Une fois dans la cour de la gare, il remarqua que Cyprienne et Auguste, empruntés dans leurs vêtements « des dimanches » auxquels ils n'étaient pas habitués, avaient perdu le sourire qui, d'ordinaire, éclairait leur visage.

Ils étaient juste à l'heure. Le Capitole stoppa devant eux, cinq minutes après leur arrivée sur le quai. Ils montèrent et n'eurent pas trop de difficultés à trouver des places assises. Sébastien se retrouva face à Cyprienne, tandis qu'Auguste s'était assis un peu plus loin, mal à l'aise de se trouver au milieu de gens inconnus, son regard exprimant une sorte d'humilité touchante. Cyprienne, elle, se tenait très droite, son regard noir allant de la vitre à son petit-fils, mais ne se posant jamais sur les voyageurs. Elle tenait fermement son sac sur ses genoux, comme si elle s'attendait à ce que quelqu'un cherche à s'en emparer. Nul ne parlait, et Sébastien se sentait immergé dans une solitude qui rendait encore plus redoutables les heures qui allaient suivre.

Après les collines boisées du causse de Cahors, où le calcaire émergeait par plaques des taillis de chênes nains, le train pénétra dans une vallée très large, qui butait au loin contre des basses collines de couleur brune, au-dessus desquelles planaient de grands oiseaux noirs. Sébastien avait croisé à plusieurs reprises le regard d'Auguste qui lui avait souri, mais ce regard lui avait fait mal. Il avait senti combien, pour son grand-père, l'épreuve était difficile. Cyprienne paraissait mieux supporter les minutes qu'elle vivait. On sentait qu'elle rassemblait ses forces pour faire face à ce qui les attendait, et, s'il le fallait, défendre bec et ongles son petit-fils.

Une heure plus tard, une fois dans la cour de la gare, ce fut elle qui trouva un taxi tandis qu'Auguste tenait la main de Sébastien, sur le trottoir. Dans la ville, Sébastien eut l'impression de se retrouver à Paris et il se sentit oppressé. À l'hôpital, ce fut également Cyprienne qui trouva le bon service et s'adressa à la réceptionniste assise derrière un comptoir. Celle-ci consulta un écran d'ordinateur sous le regard suspicieux de Cyprienne persuadée que l'on mettait sa parole en doute : oui, ils avaient bien rendez-vous à onze heures avec le professeur B. et il était prévu que l'enfant serait hospitalisé aussitôt après.

— Vous êtes sa mère ? demanda la réceptionniste qui était brune, vêtue d'une blouse blanche, paraissait hautaine et convaincue de son importance.

— Non, répliqua Cyprienne, je suis sa grand-mère. Ça se voit, il me semble. Sa mère est à Paris et ne peut pas se déplacer.

— Vous pouvez aller vous asseoir.

Cyprienne lui jeta un regard farouche et rejoignit Auguste et Sébastien assis côte à côte sur des chaises transparentes. D'ailleurs tout était blanc, ici, même les murs, et l'on ne parlait pas à voix haute, on chuchotait seulement, à part Cyprienne qui avait décidé de ne pas s'en laisser conter. Il régnait une très forte odeur d'antiseptique

que Sébastien avait déjà sentie, à Paris, et qui le renvoyait douloureusement vers les moments les plus pénibles de sa vie. Il avait envie de s'enfuir, de se mettre à courir, mais il se disait en même temps qu'il n'en aurait pas la force.

Enfin une infirmière vint les chercher et les conduisit devant une porte qu'elle ouvrit elle-même. Cyprienne entra, suivie par Auguste qui serrait très fort la main de Sébastien. Le professeur était un homme brun, d'une cinquantaine d'années, les cheveux courts et raides, avait les yeux noirs, un air las, mais il souriait. Il les fit asseoir, consulta un dossier, releva la tête, et son regard courut de Sébastien à Cyprienne et à Auguste.

— Vous êtes ses grands-parents, n'est-ce pas ?

— Oui, dit Cyprienne d'une voix qui ne trembla pas.

— Et ses parents ?

— Sa mère vit à Paris, dit Cyprienne.

— Oui, j'ai vu le rapport de l'Institut Curie, mais je ne m'explique pas pourquoi vous venez le faire traiter à Toulouse.

— C'est le petit qui a voulu venir chez nous, dit Cyprienne.

Le regard aigu du professeur se posa sur Sébastien qui se sentit en faute.

— Tu peux m'expliquer pourquoi, mon bonhomme ?

Sébastien ne trouva pas les mots, balbutia :

— Parce que j'avais besoin d'eux.

Et il ajouta, comme le professeur le dévisageait en paraissant s'interroger :

— Avec eux je n'ai pas peur.

— Eh bien voilà ! dit le professeur, retrouvant son sourire. Tu as eu raison, parce que pour guérir il faut se sentir en confiance. Et nous allons tout faire, nous tous qui sommes autour de toi, pour que tu guérisses le plus vite possible.

L'atmosphère se détendit brusquement. Cyprienne, qui commençait à se demander quel était le sens de cet interrogatoire, se sentit rassurée, tandis qu'Auguste serrait moins fort la main de Sébastien.

Le professeur consulta de nouveau le dossier, décida :

— Pour ce premier séjour, nous allons te garder une semaine. Vous pourrez rester avec lui, madame, il y a un lit prévu pour cela dans nos chambres. En fonction de ses réactions au traitement j'établirai un protocole dont je vous communiquerai les détails avant que vous repartiez. Le plus probable est qu'il faudra revenir une fois par mois pendant trois mois, le temps de mesurer les résultats. Après, nous aviserons.

Une semaine ! Sébastien, à ces mots, s'était tourné vers Cyprienne, mais celle-ci n'avait pas réagi. Elle avait manifestement jaugé le médecin et décidé de lui faire confiance. D'ailleurs, comment faire autrement ? En quelques secondes, elle avait aussi décidé qu'Auguste retournerait au village pour s'occuper de la maison, et qu'il reviendrait au milieu de la semaine pour lui porter des vêtements de rechange.

— Je voudrais vous parler, monsieur, dit-elle, alors que l'entretien paraissait terminé.

— Je vous en prie.

— Auguste ! Emmène le petit, si le monsieur a fini avec lui, fit Cyprienne.

Sébastien se retrouva dans la salle d'attente, se demandant ce qu'il pouvait bien se dire dans le bureau du professeur en son absence, et il se promit d'interroger Cyprienne à ce sujet dès qu'il se trouverait seul avec elle.

La porte ne tarda pas à s'ouvrir, poussée par Cyprienne qui paraissait préoccupée et évita son regard. Une nouvelle infirmière surgit, un dossier à la main, et leur demanda de la suivre. Ils entrèrent dans un ascenseur qui monta les étages sans aucun bruit, avec à peine un souffle, puis ils suivirent un couloir désert, pénétrèrent derrière l'infirmière dans une chambre aux murs d'un blanc satiné, à la brillance étrange, qui comportait un lit et un fauteuil très large, mais pas seulement. Ce qui inquiéta tout de suite Sébastien, ce fut l'appareillage, de part et d'autre du lit : des tuyaux, des boules de verre, des bouteilles, des joints de métal ou de plastique, deux machines de couleur beige, rectangulaires, avec des cadrans, des boutons qui lui parurent aussi mystérieux que redoutables.

— Vous pouvez l'aider à se coucher, dit l'infirmière. Vous avez ici une armoire, et la salle de bains se trouve là, à droite de la porte d'entrée.

Et, comme personne ne bougeait, elle ajouta, manifestement très pressée :

— Je reviendrai dans un quart d'heure.

Sébastien observa Cyprienne, puis Auguste. Ils semblaient pétrifiés. Elle, loin de sa cuisine et de son jardin, lui, loin des champs et des chemins, ils paraissaient respirer avec peine, et il devinait combien ils devaient puiser au fond d'eux-mêmes les forces nécessaires pour demeurer dans ce lieu clos, aussi menaçant.

— Allez ! Déshabille-toi, fit Cyprienne, reprenant ses esprits la première.

Et à Auguste, qui jetait de tous côtés des regards de bête prise au piège :

— Tu peux aller manger. Ne t'éloigne pas trop de l'hôpital, tu te perdrais. Reviens nous voir avant de repartir et n'oublie pas que le train est à deux heures et demie.

Elle lui donna le petit sac de toile dans lequel elle avait pris la précaution de placer du poulet froid, du pain et du fromage. Auguste s'en saisit, puis il s'approcha de Sébastien, chercha ses mots, soupira, passa une main hâtive dans les cheveux de l'enfant, et sortit sans rien dire. Cyprienne marmonna quelque chose que Sébastien ne comprit pas. Une fois dans le lit, il tourna la tête vers elle, qui s'était assise dans le fauteuil.

— N'aie pas peur, dit-elle, je suis là.

Et elle ajouta, comprenant que ces quelques mots n'atténuaient en rien la panique qui montait en lui :

— Tant que je resterai là, personne ne te fera de mal.

Il hocha la tête, tout entier tendu vers cette sentinelle qui semblait sculptée dans la pierre, et dont le regard lançait des éclats de lumière aussi chauds qu'un soleil d'été.

Le soir tombait. Auguste était reparti, parce qu'il fallait s'occuper des vaches et de la basse-cour. Il avait attendu le dernier moment, une main posée sur l'épaule de Sébastien, qui ne pouvait pas bouger. Les deux vieux s'étaient dit au revoir en s'embrassant furtivement, au moment de se trouver séparés pour la première fois depuis bien longtemps. Auguste avait refermé doucement la porte, après un dernier regard vers elle et vers l'enfant qui n'avait rien tenté pour le retenir. Auguste n'aurait jamais eu la force de rester ici une nuit, Sébastien le savait et il était content de le voir repartir. Cyprienne, elle, après avoir soigneusement surveillé les branchements effectués par deux infirmières, s'était assise et avait sommeillé dix minutes, avant de se redresser brusquement et de demander à son petit-fils comment il se sentait.

Au début, tout s'était bien passé, mais, une heure après les perfusions, il avait été pris de nausées, et il avait eu l'impression de flotter dans une sorte de brume épaisse, sale, qui l'oppressait. Cette sensation avait duré longtemps. Chaque fois qu'une infirmière arrivait, il lui demandait quand cela cesserait, sous le regard de Cyprienne qui s'était approchée et qui demeurait appuyée sur le rebord métallique du lit, prête à intervenir. Deux heures plus tard, enfin, l'infirmière avait débranché les instruments, avec beaucoup de douceur et des mots rassurants. Maintenant, Sébastien, soulagé, observait Cyprienne qui murmurait :

— C'est fini, tu vois, ce n'est pas si terrible.

Il ne répondit pas, cherchant à comprendre ce qu'il y avait de changé en lui, quel était cet état bizarre dans lequel il se trouvait. Il tendit une main vers Cyprienne qui la saisit et la serra.

— Pourquoi es-tu restée seule avec le docteur ? s'enquit-il doucement.

Et, comme elle ne répondait pas :

— Qu'est-ce que tu lui as demandé ?

Comme chaque fois qu'elle était acculée, Cyprienne s'était redressée pour faire face.

— Ne me mens pas, dit Sébastien.

— Oh ! Je ne mens jamais, moi, et j'ai passé l'âge qu'on me fasse la morale. Je lui ai demandé des renseignements pour moi, sur quelque chose qui me tracassait.

— Tu es malade ?

— Non, c'est pas grave.

Son visage était devenu farouche, presque hostile. Sébastien comprit qu'il devait faire semblant de la croire, et pourtant il aurait bien voulu connaître la réponse : il devinait qu'elle avait sans doute interrogé le professeur sur les chances exactes de guérison de son petit-fils et il aurait bien voulu les connaître, mais il n'avait plus de forces, soudain, et il s'assoupit.

Plus tard, alors que la nuit tombait, Cyprienne lui donna du bouillon à la cuillère, puis elle mangea debout, très vite, comme elle en avait l'habitude. À peine avait-elle terminé que la porte s'ouvrit, laissant apparaître le professeur et deux infirmières, dont celle, petite et blonde, qui s'était occupée de Sébastien. Le professeur observa un long moment le garçon, toucha son front, prit son pouls, lui demanda comment il se sentait, questionna les infirmières, eut quelques mots rassurants pour Cyprienne, puis il s'en alla rapidement après leur avoir souhaité une bonne nuit.

À peine avait-il disparu qu'une surveillante arriva et aida Cyprienne à transformer le fauteuil en lit. Puis le téléphone sonna : c'était Nicole qui venait aux nouvelles. Cyprienne lui raconta ce qui s'était passé depuis le matin, tendit l'appareil à Sébastien qui trouva à sa mère une voix angoissée et ne sut que lui dire. Il se sentait épuisé, n'avait qu'une seule envie : dormir. Ce qu'il fit, dès que Cyprienne, sans se déshabiller, du moins ne l'aperçut-il pas, se fut couchée sur son fauteuil déplié.

Il se réveilla plusieurs fois, étreint par une angoisse folle, mais elle fut tout de suite debout, lui prenant la main, murmurant :

— Dors, mon bonhomme, il faut que tu dormes.

Elle, elle ne dormait pas. Elle veillait sur cet enfant qui était venu vers elle trois jours auparavant, consciente de sa responsabilité, farouchement décidée à ne pas fermer l'œil pendant huit jours s'il le fallait, persuadée de pouvoir l'accompagner jusqu'à la guérison.

Plus le temps avait passé, au cours de la semaine, et plus Sébastien avait souffert pour supporter le traitement. De fréquents vomissements l'avaient épuisé. Il était sans forces, se trouvait pris de vertiges dès qu'il posait le pied par terre. Auguste était venu, comme il l'avait promis, le mercredi, portant des vêtements, de la nourriture de là-bas, faisant entrer avec lui un délicieux parfum d'herbe, de terre, de village.

Ce jour-là, Cyprienne en avait profité pour sortir, aller marcher, et Sébastien s'était retrouvé face à Auguste, à qui il avait demandé de lui parler de Millac. Auguste avait évoqué les foins qu'ils feraient bientôt, nommé les herbes sauvages qui commençaient à pousser un peu partout, promis de lui apprendre les secrets de la pêche à la truite, donné des nouvelles de la vigne, des poules, des lapins, du jardin qu'il venait de bêcher.

Après le départ d'Auguste, Sébastien s'était senti mieux. Depuis, il ne pensait qu'à son retour au village, et redoutait que le professeur ne l'empêche de partir à cause de la faiblesse dont il se sentait envahi.

— C'est normal, le rassura le professeur la veille du départ espéré. Ça ira mieux dès que tu seras dehors. Il faudra prendre quelques précautions, ne pas te fatiguer les premiers jours, c'est tout. Ensuite, dès que tu te sentiras un peu plus solide sur tes jambes, tu pourras faire ce que tu voudras : marcher, bien manger, et même courir si tu le peux.

Et à Cyprienne :

— Je vous enverrai des instructions par votre médecin traitant, ne vous inquiétez pas. Nous avons déjà bien travaillé.

Ils s'apprêtèrent à passer leur dernière nuit dans cette chambre hostile, d'où, l'un comme l'autre, ils songeaient à s'enfuir le plus vite possible.

Au cours de la semaine qui s'achevait, Cyprienne avait changé. Elle s'était insensiblement rapprochée de lui, avait laissé s'écrouler le mur qu'elle dressait d'ordinaire entre elle et ses semblables. Ils avaient appris à se connaître mieux. Sébastien lui avait raconté la vie qu'il menait à Paris — l'appartement de Choisy, l'école, la cantine, la voie ferrée toute noire à proximité —, ce qui avait provoqué ses soupirs et ses lamentations.

Elle lui avait parlé de la vie qu'ils avaient menée avec Auguste, quand Nicole était petite. C'était leur conversation du soir, avant le sommeil. Elle les apaisait l'un et l'autre, comme si leurs vies se rejoignaient, s'accordaient. Sébastien revenait souvent sur le départ de sa mère, demandait :

— Mais pourquoi l'avez-vous laissée partir ?

— Elle ne trouvait pas de travail, ni à Cahors, ni à Gourdon, je te l'ai déjà dit.

— Elle aurait pu vivre comme vous.

— Oh ! Non, tu sais, ce n'était pas facile.

Et Cyprienne expliquait leurs difficultés à gagner l'argent nécessaire aux études, les privations, parfois, les campagnes qui se vident, les villages qui s'endorment.

— Alors vous n'êtes pas heureux ? demanda-t-il soudain, ce dernier soir.

— Nous si, parce que nous sommes habitués et nous ne saurions pas vivre différemment, mais ceux qui ont connu autre chose, comme ta mère ou toi, dans une grande ville, vous ne pourriez pas vivre comme nous avons vécu.

Un soir, Sébastien ayant beaucoup insisté, elle lui avait raconté son enfance et sa jeunesse dans une ferme des environs de Domme où elle avait été recueillie : « Je ne mangeais pas souvent à ma faim, mais j'allais boire le lait des vaches la nuit, ou je cachais du pain, des fruits dans les granges. Jamais de dimanches, sauf une heure ou deux l'après-midi, et c'est à cette occasion-là que j'ai rencontré Auguste, heureusement. Quel original, tout de même, pour s'être entiché de cette sauvageonne que j'étais à l'époque ! Tout le monde me disait de me méfier, que c'était un fainéant, mais moi je ne voyais que ses yeux. Et surtout, surtout, il me parlait comme à une personne, pas comme à un animal, et il me respectait. On peut dire qu'on en a eu, du bon temps, tous les deux. »

De confidence en confidence ils avaient fait la moitié du chemin l'un vers l'autre, s'étaient découverts plus proches qu'ils ne le croyaient, surtout grâce à Nicole, fille de l'une et mère de l'autre, qui était le point de rencontre de deux vies si différentes. Cyprienne, cependant, n'avait pas renoncé à sa vivacité de parole. Ce matin-là, avant la délivrance, ce fut elle qui obligea Sébastien à se lever, et à marcher dans la chambre avant l'ultime visite du professeur.

— Si tu veux qu'il te laisse sortir, il faut que tu lui montres que tu en es capable. Allez ! Tiens-toi droit !

Il s'efforça de lui obéir, y parvint, et la visite se passa du mieux possible. Il était libre. Il pouvait partir. Dès qu'il se retrouva dans la rue, à attendre le taxi qui devait les conduire à la gare, Sébastien se sentit mieux. Chacun faisait semblant de croire que ce départ de l'hôpital était définitif, qu'il n'y aurait pas d'autre séjour, ou, du moins, qu'il ne serait jamais aussi long. Le voyage de retour leur parut beaucoup plus rapide que l'aller. Quand Sébastien se retrouva dans la voiture d'Auguste qui les attendait dans la cour de la gare de Gourdon, il fut persuadé de pouvoir enfin profiter de ce monde dans lequel il avait choisi de se réfugier.

3

Il était un peu plus de sept heures, ce matin-là, quand il prit, avec Auguste, le chemin des collines. On était au début du mois de mai. L'air n'était plus le même : le vent venait du sud-ouest, réchauffant la terre où les fleurs et les plantes étaient écloses dans un foisonnement de couleurs. En marchant le long des haies, Auguste, désignant les nappes blanches qui les recouvraient, expliqua :

— Ce sont des fleurs d'aubépine.

Il montra à Sébastien les délicats pétales, la mousse d'étamine jaune au sein de la corolle :

— Je m'en servais pour soigner le cœur et faire baisser la tension.

Plus loin, le long d'un talus qui longeait le chemin de terre, il fit provision de bardane, de chiendent, d'achillée millefeuille dont il dit :

— Je l'ai utilisée souvent dans ma vie. C'est avec l'achillée que je soignais les coupures et les plaies. Regarde-la bien, comme ça tu la reconnaîtras facilement.

Sébastien observa les fleurs d'un rose très clair, la tige mince et nerveuse, les feuilles aux contours ronds comme des doigts minuscules. Auguste les fit disparaître dans son panier d'osier qui se remplissait rapidement. Il fallait en effet cueillir avant la chaleur qui, selon lui, dérobait aux plantes leurs vertus. Le chemin se faufilait entre des bouquets de chênes et de châtaigniers, longeait des champs où ronronnaient des tracteurs antiques. Auguste entra dans un pré en pente, se mit à ramasser des pissenlits.

— On va se régaler, dit-il. Tu vas voir comme Cyprienne les prépare bien.

Plus loin, ils traversèrent un bois qui sentait la résine, débouchèrent dans une friche fleurie de digitales, continuèrent en décrivant une boucle autour du village, dont, de temps en temps, ils apercevaient le clocher gris perdu dans le bleu du ciel. Ils marchaient à présent depuis une heure. Sébastien se sentait fatigué mais il n'osait pas le dire à Auguste. Le soleil réchauffait l'air et faisait fondre la rosée. Au creux d'une combe ils trouvèrent un semis de violettes qu'Auguste cueillit en disant :

— Cyprienne en fait du sirop contre le rhume et les bronchites. Sens ce parfum !

Auguste continua de marcher de son pas régulier, sans hâte, mais sans se rendre compte à quel point Sébastien était fatigué. Ce dernier faillit renoncer au moment où Auguste s'arrêta enfin à l'ombre d'un noisetier.

— C'est l'heure du déjeuner. Viens ! Assieds-toi près de moi.

Il comprit que Sébastien était à bout de forces, s'en voulut ; un éclair désolé passa dans ses yeux clairs.

— J'ai marché trop vite, je le vois bien, constata-t-il.

— Ça va, dit Sébastien, ça va.

Comprenant que le mal était fait et qu'il fallait y remédier, Auguste sortit de la musette couleur paille qu'il portait à l'épaule un pain à la croûte brune, du saucisson et du fromage. Il en coupa une tranche pour son petit-fils, lui tendit un couteau au manche de corne beige en disant :

— Ce sera le tien. Prends-en bien soin. Je l'ai depuis vingt ans au moins.

— Merci, dit Sébastien qui peinait à retrouver son souffle, et sentait monter la nausée qu'il avait appris à maîtriser.

En bas du pré, une femme conduisait des vaches blanches le long d'un sentier qui passait entre des champs bordés de buissons. Plus loin, un tracteur rouge hersait une parcelle étroite entre deux bois de châtaigniers. Il commençait à faire chaud. Auguste jetait par instants un bref regard d'inquiétude à Sébastien qui avait du mal à manger.

— Bois, dit-il, ça ira mieux après.

Il lui versa un peu de vin et d'eau dans une timbale d'étain, détourna très vite son regard en apercevant les gouttes de sueur sur le front de son petit-fils.

— Une autre fois, on ira dans la plaine, pas sur les collines. Ce sera moins fatigant, surtout pour moi, parce que tu sais, il faut que je me ménage à mon âge.

Il y eut un long silence entre eux, durant lequel Auguste chercha autre chose à dire, mais il ne trouva pas. Ce fut Sébastien, au contraire, qui demanda d'une voix où le vieux décela une sorte de reproche caché :

— Parmi toutes les fleurs et toutes les plantes que tu connais, il n'y en a vraiment aucune qui pourrait me soigner ?

Auguste baissa la tête, comme pris en faute.

— Non, dit-il.

Puis il se sentit tellement coupable qu'il murmura :

— Il y en aurait peut-être une, mais on la trouve rarement.

— Laquelle ? fit Sébastien, soudain redressé par un espoir qui effraya Auguste et lui fit regretter les mots qu'il avait prononcés.

Il ne pouvait plus reculer, cependant, et il cherchait désespérément le moyen de ne pas s'enferrer davantage dans un mensonge qui lui avait échappé.

— Il faut que ce soit une année de neige, dit-il, qu'il y en ait beaucoup. Alors parfois, en décembre ou en janvier, on en trouve.

— Comment s'appelle-t-elle ? insista Sébastien, qui en oubliait de manger.

— L'hellébore, dit Auguste, en songeant que l'hiver était loin et que d'ici là le traitement de Toulouse aurait sans doute guéri son petit-fils.

— L'hellébore ? Jamais entendu parler.

— C'est qu'on en trouve pas beaucoup, tu comprends ?

— À quoi ressemble-t-elle ?

Auguste se débattait dans son mensonge, ne savait plus comment en sortir.

— On l'appelle aussi rose d'hiver ou herbe de feu. Les fleurs sont blanches, légèrement teintées de rouge à l'extérieur.

— Tu en as déjà trouvé ?

— Une fois, il y a longtemps.

Le regard de Sébastien se fit suspicieux. Il renonça à poser d'autres questions, mais il termina son déjeuner plus facilement qu'il ne l'avait commencé. Ils ne parlèrent plus jusqu'au moment de repartir. Alors il demanda avec détachement, sans regarder Auguste, au moment où celui-ci assurait sa musette sur l'épaule :

— Et cette année, Auguste, est-ce que ce sera une année de neige ?

Une lueur de détresse traversa les yeux du vieux qui, pris au piège, murmura :

— Il me semble que oui. C'est encore un peu tôt pour le dire, mais en général, quand il fait beau au début mai, l'hiver est froid et humide. Alors, parfois, il neige.

Sébastien ne dit plus rien. Tout au long du retour, il demeura plongé dans ses pensées, marchant avec difficulté sous le soleil déjà haut. Auguste, maintenant, mesurait ses pas. Tout autour d'eux, les feuilles, les fleurs et l'herbe ne sentaient plus aussi bon qu'au matin. Auguste se promettait de ne plus entraîner l'enfant si loin, du moins tant qu'il n'irait pas mieux. Sébastien pensait à l'hiver, se demandait si c'était parce que Auguste lui avait parlé de neige que le froid était revenu en lui, comme avant son séjour à Toulouse, malgré la chaleur de ce matin superbe.

Le médecin était venu un peu avant midi, car il avait reçu les conclusions du professeur de Toulouse : il faudrait se rendre à l'hôpital durant trois jours toutes les deux semaines, au moins pendant trois mois. On procéderait à un bilan complet lors de chaque séjour. À part cela, les recommandations étaient de ne pas trop se fatiguer, ne pas reprendre l'école puisqu'il ne restait plus que deux petits mois avant les grandes vacances. On aviserait à la rentrée en fonction des résultats des analyses.

Ils étaient maintenant attablés tous les trois, Auguste en bout de table, Sébastien face à Cyprienne qui reprochait :

— Je ne sais pas jusqu'où vous êtes allés, mais regarde dans quel état tu me l'as ramené ! Le médecin s'en est aperçu, et il n'était pas content.

Auguste baissa la tête, répondit :

— Je ne me suis pas rendu compte qu'on était si loin.

— Quelle manie, de toujours galoper ! Tu vas me faire le plaisir de laisser tes herbes tranquilles. Je suis sûre que tu en as plein le grenier.

Auguste laissa passer l'orage, jetant de temps en temps un regard inquiet vers Sébastien qui s'efforçait de se redresser.

— Il ne peut même pas manger, ce gosse, dans l'état où tu l'as mis ! insista Cyprienne.

Sébastien avala précipitamment deux cuillerées de purée de pommes de terre, une bouchée de viande de porc confit.

— Tu iras faire la sieste après, décréta Cyprienne. Et tu tâcheras de dormir.

Ni l'un ni l'autre ne songeait à riposter. Ils étaient soulagés, au contraire, chaque fois que Cyprienne se levait pour aller chercher les plats sur sa cuisinière. Sébastien mangea avec plaisir la salade de pissenlits à la sauce vinaigrette très relevée, se sentit mieux. La colère de Cyprienne s'était un peu calmée, mais son regard courait toujours de son mari à son petit-fils d'un air soupçonneux, comme si elle devinait le secret qu'Auguste avait confié à Sébastien. Elle lui avait pourtant fait promettre de ne jamais lui donner à croire qu'il pouvait le soigner avec ses herbes. Mais Auguste n'avait pu résister à offrir de l'espoir à son petit-fils, tellement il l'avait vu abattu, ce matin. Il s'en voulait, Auguste, mais il se rappelait heureusement avoir dit à Sébastien avant d'arriver :

— Surtout, pas un mot à Cyprienne !

Sébastien avait promis. Et pourtant le regard inquisiteur que leur lança Cyprienne en servant le fromage les mit très mal à l'aise.

— Je sais pas ce que vous avez manigancé tous les deux, s'exclama-t-elle, mais si tu me le ramènes une autre fois dans cet état, à l'avenir il restera ici, avec moi.

Auguste tenta de protester en avançant :

— C'est du grand air qu'il lui faut, pas de rester dans la maison. Nicole l'a bien dit, l'autre jour.

— À condition qu'il ne revienne pas plus fatigué qu'il n'est parti. C'est pas en le faisant s'épuiser qu'on le guérira.

Tout était dit. Ni Auguste ni Sébastien ne songea plus à discuter. Ils se dépêchèrent l'un et l'autre de finir leur fromage et leur pain, puis Cyprienne servit du café à Auguste, tandis que l'enfant s'en allait dans sa chambre.

Il n'y en avait que deux, dans la petite maison basse. Elles se situaient au bout d'un couloir étroit, à l'opposé de la grande cuisine-salle à manger qui servait de pièce à vivre. En face des chambres, une salle de bains munie d'une douche, et une pièce de rangement encombrée de chaussures et de vêtements pendus aux murs complétaient l'agencement de la maison. Dans les chambres, une armoire rustique en bois de noyer, deux chaises de paille, et un lit à l'ancienne constituaient l'essentiel du mobilier.

Sébastien se trouvait bien dans la sienne. Depuis son lit, il entendait les poules et le coq qui affirmait le matin de bonne heure sa domination sur la basse-cour. Un édredon de plume rouge — qui avait jadis appartenu à sa mère — permettait de ne pas avoir froid même sans chauffage. L'oreiller sentait la violette. C'étaient les seules fleurs ramassées par Auguste que Cyprienne tolérait dans la maison. Sa passion à elle, c'étaient les légumes, non les fleurs, et cela par nécessité : il avait bien fallu qu'elle pourvoie à la nourriture des siens.

Sébastien se coucha, en ce début d'après-midi-là, et songea pendant un moment à ce que lui avait dit Auguste. Il n'y croyait pas vraiment — d'ailleurs les roses d'hiver étaient quasiment introuvables selon les paroles mêmes d'Auguste — mais cette seule idée, quoique fragile, le réchauffait. Sans doute parce que ces fleurs faisaient partie de l'univers d'Auguste et que tout ce qui concernait l'univers de cet homme ressemblait à ses yeux, à son visage, à son sourire. Rien n'était menaçant, au contraire. Tout était apaisant. Sébastien pouvait dormir tranquille, dans la maison d'Auguste, et il ne s'en priva pas, jusqu'à quatre heures, sans douleur ni mauvais rêve.

Quand il se leva, Cyprienne l'attendait de pied ferme dans la cuisine, ouvrant déjà un pot de confiture de coings.

— J'ai pas faim, dit Sébastien en s'asseyant.

— Comment ça, tu n'as pas faim ?

— J'ai trop mangé à midi.

— Quand on est malade, il faut manger.

Il prit la tartine qu'elle lui tendait, mordit dans le pain brun, commença à mâcher sous le regard attentif de Cyprienne.

— Où est Auguste ? demanda-t-il.

— Va savoir ! Toujours à courir par monts et par vaux ! Ne t'occupe pas d'Auguste et mange, ça vaudra mieux.

Il eut beaucoup de difficulté à avaler trois bouchées, faillit vomir, reposa la tranche de pain en disant :

— Je peux pas.

Elle le fusilla du regard, bouillant d'une colère dont il ne savait à qui elle était destinée. Pour elle, le problème était simple : quand on avait perdu des forces, il fallait les reconstituer. Et pour cela, il fallait manger.

— Qu'est-ce qu'il t'a raconté, Auguste, ce matin ? demanda-t-elle brusquement.

— Rien, répondit-il, il m'a montré les plantes et les fleurs, comment les reconnaître. C'est tout.

— Sûr ?

— Mais oui.

Elle le dévisagea un instant d'un air dur, sans concession.

— C'est qu'Auguste, reprit-elle, il rêve, tu comprends. Il s'est raconté des histoires toute sa vie. C'est au médecin qu'il faut faire confiance, pas à lui.

Sébastien se demanda si sa grand-mère n'avait pas des dons de divination. Aussi, tout à coup, autant pour échapper aux yeux qui le traquaient que pour sauver Auguste et ses roses d'hiver, il demanda doucement :

— Dis, Cyprienne, qu'est-ce qu'il y a après la mort ?

Comme à son habitude quand elle était surprise, elle se redressa, ses yeux s'agrandirent, et elle prit un air offensé.

— Oh ! Pauvre de moi ! s'écria-t-elle, c'est pas mes cheveux que tu vas me faire perdre, c'est mes dents.

Sébastien prit le parti de relever le défi. Il ne cilla pas, répéta :

— Est-ce que tu crois qu'il y a un paradis ?

Elle fit brusquement volte-face, s'affaira dans ses casseroles, s'exclama :

— Est-ce que je sais, moi ?

— Oui, Cyprienne, je suis sûr que tu sais.

Elle se retourna vivement, lui fit face de nouveau :

— Tu crois qu'on n'a pas assez de soucis sans se poser ce genre de questions ?

— S'il te plaît, Cyprienne, réponds-moi.

La même lueur égarée qu'il avait déjà aperçue une fois assombrit les yeux de sa grand-mère qui soupira mais répondit cependant :

— Forcément qu'il y a un paradis.

— Où on se retrouve tous ?

— Pardi ! Sinon à quoi ça servirait de… se connaître ici-bas ?

Elle avait buté sur les mots, avait renoncé à employer le mot « aimer » qui ne faisait pas partie de son vocabulaire. Elle se contentait de le mettre en pratique, et de toutes ses forces, mais par pudeur n'en usait jamais. Maintenant, elle se sentait tellement acculée qu'elle se rebella :

— Et d'abord pourquoi tu me poses toutes ces questions ? Est-ce que ce sont les questions d'un enfant de ton âge ?

— D'un enfant qui peut mourir, oui, dit-il, sans la regarder.

— Oh ! Quelle affaire, tout de même ! s'écria-t-elle. Pourquoi crois-tu qu'on te soigne ?

Et, vraiment en colère :

— On te soigne pour que tu guérisses ! Et tu guériras, aussi vrai que je m'appelle Cyprienne et que si tu continues tu vas me rendre folle ! C'est ça que tu veux, me faire tourner en bourrique ?

— Mais non, tu le sais bien.

— Alors suis-moi au jardin et prends ta tartine de pain.

Il n'avait plus envie de la tourmenter. Il y avait parfois, dans son regard, au cours de ses colères feintes, une telle détresse qu'il s'en voulait. Il la suivit au jardin, la regarda tracer ses semis, s'agenouiller sur un sac de jute, et il eut l'impression qu'elle s'était agenouillée toute sa vie. Il s'enfuit aussitôt, et, réfugié dans la cuisine, il mangea son pain jusqu'à la dernière miette.

Le samedi suivant, sa mère arriva au train du début de l'après-midi. Sébastien s'en fut la chercher avec Auguste pendant que Cyprienne préparait le repas. La pluie fine des deux jours précédents avait lustré le vert des prés et des arbres. Il faisait beau, même si les nuages n'avaient pas encore complètement déserté le ciel d'un bleu de porcelaine. Auguste roulait très lentement, comme à son habitude, et haussait les épaules chaque fois que les voitures klaxonnaient derrière lui.

Sébastien ne parlait pas. Depuis le jour où Cyprienne lui avait donné de la confiture de coings, il avait compris qu'il ne pouvait pas impunément poser n'importe quelle question, et que, sans doute, ceux qui vivaient près de lui souffraient autant que lui. Cette découverte l'avait isolé davantage. Il ne se sentait pas bien. Auguste, à ses côtés, le devina et demanda :

— Qu'est-ce qu'il y a ?

— Rien, répondit-il, rien. Ça va.

— À la bonne heure.

Auguste ne posa plus de questions jusqu'à la gare. Depuis quelques jours, il évitait les discussions, car il craignait d'avoir à mentir de nouveau et ne savait plus quoi répondre à son petit-fils. Tous deux, en fait, se demandaient comment renouer le fil d'une conversation moins grave, plus ordinaire, qui leur permettrait de vivre moins douloureusement.

Heureusement, au retour, Nicole parla tout au long du trajet. Il sembla à Sébastien qu'elle avait changé. Elle paraissait moins fatiguée, moins inquiète, comme si le fait de vivre loin de son fils avait éloigné d'elle la peur. Il en fut secrètement blessé, car il comprit qu'elle était délivrée d'un fardeau qu'elle aurait été incapable de porter. C'était sa mère, pourtant, elle aurait dû pouvoir faire face à la maladie à ses côtés. Il lui en voulut, puis il songea que c'était lui qui avait demandé à venir au village, auprès d'Auguste et de Cyprienne. Ce sourire sur les lèvres de sa mère, pourtant, quelle en était la raison ? Certes les nouvelles étaient bonnes : le résultat des analyses traduisait une amélioration évidente. Mais il restait encore beaucoup de chemin à parcourir, comme l'indiquait d'ailleurs la lettre que le professeur avait envoyée.

Au cours du repas, le téléphone sonna. Cyprienne décrocha, appela sa fille, précisant que la communication était pour elle. On l'entendit parler à voix basse, puis elle réapparut en disant à Sébastien :

— C'est ton père. Il voudrait te parler.

L'enfant devint pâle, se mit à trembler : en un instant il ne fut que refus et colère. Retrouvant soudainement un passé qu'il s'efforçait d'oublier et qui était pour lui, inconsciemment, associé à sa maladie, il fit « non » de la tête, le visage fermé, hostile, douloureux. Nicole n'insista pas. Elle disparut dans le couloir où se trouvait l'appareil, prononça quelques mots puis raccrocha. À son retour, personne n'eut le cœur à s'appesantir sur le sujet. Ils parlèrent des gens du village, du temps, du jardin, puis, comme le médecin avait annoncé sa visite, les deux femmes firent comprendre à Auguste qu'il était temps d'emmener Sébastien avec lui.

— Pas trop loin, précisa Cyprienne, ne le fatigue pas.

— Mais non, mais non, fit Auguste, qui ajouta à l'adresse de Sébastien dès qu'ils furent sortis :

— On va essayer de pêcher une ou deux truites.

— Des truites ?

— Oui, dans le ruisseau, en bas.

Auguste eut tôt fait de préparer une ligne avec le matériel qu'il gardait dans l'appentis derrière la maison : un peu de fil, un bouchon de liège, des plombs et un petit hameçon. Le ruisseau, qui s'appelait le Thézou, sinuait au creux de la vallée, entre des saules, des frênes et des trembles. Il n'était pas très large, mais possédait des trous assez profonds qu'Auguste connaissait parfaitement.

Il ne leur fallut pas plus de cinq minutes pour se retrouver au bord de l'eau, dans laquelle Auguste entra avec ses bottes pour chercher des porte-bois.

— Ce sont des larves d'éphémères, expliqua-t-il à Sébastien. Elles vivent sous les pierres, dans une petite carapace de bois. Les truites adorent ça.

Auguste en ramassa une vingtaine, qu'il montra à Sébastien. En déchirant la carapace, il fit apparaître une larve jaune, épaisse, qu'il accrocha à l'hameçon. Il plaça la ligne dans l'eau, en bordure du courant, puis il la tendit à Sébastien.

— Il faut bien laisser mordre, dit-il. Je te dirai quand tu devras ferrer.

Sébastien attendit donc que le bouchon s'enfonce entièrement sous l'eau avant de relever la ligne d'un coup sec. Un goujon apparut dans le soleil, qu'Auguste décrocha rapidement et fit disparaître dans son panier, sur le lit d'herbe qu'il y avait aménagé. Cela paraissait facile. Parfois des vairons s'emparaient de l'hameçon avant qu'il n'atteigne le fond, et Auguste pestait. Mais il ne les remettait pas à l'eau : il les gardait dans son panier tandis que Sébastien relançait la ligne et ne sentait pas le temps passer. Il avait tout oublié. Il n'y avait plus devant lui que l'eau vive et ce bouchon rouge à surveiller, les éclairs des poissons dans la lumière du jour, les frémissements des feuilles des saules cendrés, la présence d'Auguste près de lui, et rien d'autre : ni la peur ni la maladie ne venaient plus le hanter.

Soudain le bouchon s'enfonça brusquement sans préalable et il ramena une petite truite qui faisait à peine la taille requise pour pouvoir la garder, mais qu'Auguste fit disparaître dans l'une de ses bottes, matelassées d'herbe, comme un braconnier.

Un peu plus tard, alors que le soir tombait, Auguste demanda à Sébastien de faire le guet, pendant qu'il entrait de nouveau dans l'eau. L'enfant le vit se pencher, plonger un bras entier le long des racines de la berge, recommencer un peu plus loin, et se relever brusquement en tenant une truite à la main.

— Attention aux gendarmes ! s'exclama Auguste. Surveille bien la route. Il faut que nous en ayons une pour chacun, tout de même.

Un quart d'heure lui fut nécessaire pour capturer deux truites de plus, et ce fut avec soulagement que Sébastien le vit regagner la rive. Plus grosses que celle qu'il avait prise, les truites d'Auguste étaient magnifiques : argentées avec une ligne régulière de points rouges sur chaque flanc, des écailles brillantes comme de la rosée.

— Évitons la route, décréta Auguste en partant. On ne sait jamais. Prenons le sentier, là, on arrivera à la maison par-derrière : il y a un trou dans la haie, au fond du jardin.

Il n'y avait pas un bruit dans la vallée. Le soleil se couchait sur les collines en incendiant le sommet des arbres. Sébastien s'aperçut qu'il avait tout oublié de ce qui s'était passé avant ces heures près du ruisseau. Le retour à la réalité lui mordit douloureusement le ventre. Marchant derrière Auguste, il se promit de revenir pêcher tout seul. Il lui sembla qu'il y avait là, au bord du ruisseau, un port dans lequel, plus qu'ailleurs, il se sentait en sécurité.

Il fallut bien, pourtant, retourner à Toulouse. En VSL cette fois, et avec Cyprienne seule, puisque le chauffeur les déposerait devant l'hôpital. Sébastien n'en était pas fâché : il était soulagé, au contraire, qu'Auguste reste au village. N'ayant rien oublié du regard traqué, souffrant, de leur premier voyage, il souhaitait ne plus jamais lui infliger l'épreuve de la grande ville et de l'hôpital.

Avec Cyprienne, c'était différent. Même s'il l'avait devinée plus fragile qu'on ne le croyait sous sa carapace, il y avait en elle une vraie force, comme une inflexibilité qu'elle s'était forgée au cours des premières années de sa vie. Il avait besoin de cette force-là. Une force sans concession, sans plainte, dans laquelle il puisait comme une certitude de victoire. Cependant, depuis leur dernière discussion, elle s'était fermée comme une huître, soucieuse, sans doute, de ne pas laisser paraître la moindre faille, et consciente, instinctivement, de ce qui était le plus profitable à son petit-fils.

Durant ces deux jours-là, elle ne montra pas la moindre faiblesse, nettoyant elle-même les vomissements de Sébastien, l'aidant à se redresser, rassurante :

— C'est bientôt fini. On repart demain.

Il aimait croiser ce regard dans lequel il lisait qu'elle avait décidé de livrer le même combat que lui. Son impression de solitude, bizarrement, avait fondu dans le lieu où il souffrait le plus. Et c'était grâce à elle. Il était évident qu'elle avait décidé qu'ils gagneraient tous les deux, côte à côte. Elle n'aurait pas su expliquer ces choses-là, mais c'était mieux ainsi. Elle n'était plus qu'un regard, des bras vigoureux, des mains forgées par le travail, qu'il aimait regarder mais qu'il n'aurait jamais osé embrasser. Il se contentait de les serrer le soir, avant de dormir. Elles étaient devenues la vie même. Sa certitude que de telles mains, de travail et de courage, ne le lâcheraient jamais.

Il avait beaucoup moins peur des appareillages situés autour de son lit. Il avait toujours redouté les piqûres, mais les infirmières le piquaient rarement : elles avaient posé un cathéter dans son bras droit, et elles y inséraient les aiguilles sans lui faire mal. D'ailleurs, il ne souffrait pas. Il se sentait las, il vomissait, mais il n'y avait en lui aucune douleur véritable, l'une de celles qu'il avait redoutées les premiers jours. Il s'en étonnait même parfois, s'inquiétait de la ressentir brutalement une nuit, mais non : demeurait seulement en lui cette sensation de chute interminable au milieu des flocons de neige, sans jamais apercevoir ce qui l'attendait en bas. Il se forçait alors à l'imaginer : un édredon de plumes, l'eau fraîche du ruisseau, une prairie en fleurs, mais parfois il ne pouvait échapper à l'impression qu'il s'agissait de quelque chose de plus redoutable. Seul le regard de Cyprienne était capable de la lui faire oublier. Il se sentait alors porté vers elle par une immense gratitude, mais il n'osait lui parler. Comme si elle le devinait, elle lui disait :

— J'espère qu'à notre retour, tu pêcheras des truites. Je les aime, tu sais ?

— Bien sûr, répondait-il.

— À la bonne heure ! Et ne va pas les braconner comme Auguste. Un jour il s'est fait prendre et il a fallu payer une amende.

Elle ajouta, comme Sébastien s'en montrait étonné :

— Pour un peu les gendarmes me l'auraient mis en prison, tu te rends compte ? Alors il faudra que tu me le surveilles un peu. J'espère que la dernière fois vous les avez prises à la ligne et non pas à la main.

Sébastien hésita un peu, répondit :

— Quelques-unes à la ligne, et les autres à la main.

— Oh ! Misère noire ! Cet homme, il va me rendre chèvre !

Il s’amusait de ces expressions qu’elle inventait sans cesse, et de ces transformations qui la menaçaient : à l’entendre, Auguste allait la rendre folle, ou la faire tourner en bourrique, en chèvre, et quoi encore ? Sébastien le lui demanda malicieusement, et elle s’écria :

— C’est ça ! prends son parti maintenant. Comme ça vous serez deux à me faire tomber les dents.

Ces colères feintes, ces expressions qui venaient de très loin, de son enfance, de la vie qu’elle avait menée, faisaient beaucoup de bien à Sébastien. Il y devinait une révolte, un combat qui avait peut-être été aussi difficile que le sien. Qu’en saurait-il jamais ? Elle ne lui dirait pas le centième de ce qu’elle avait souffert, mais il l’aimait follement, durant ces moments-là, de la faiblesse dont elle avait triomphé par son courage, de s’être hissée à force de batailles au-dessus de sa condition misérable, avec l’énergie de ceux qui ont décidé de vivre autre chose que le malheur. Cette leçon muette, il savait qu’elle valait toutes les paroles futiles d’encouragement. Il comprenait pourquoi le cœur de cette femme battait si fort, était persuadé qu’elle allait le sauver.

Avant le départ, quand le professeur lui proposa de ne rien cacher à Sébastien, Cyprienne l'approuva. L'enfant leur en sut gré, même si ce qu'il apprit ce soir-là le meurtrit.

— Tu vas perdre tes cheveux, expliqua le professeur, mais ce n'est pas grave, ils repousseront plus beaux, plus drus quand tu seras guéri.

Sébastien regarda Cyprienne, mais elle ne sourcilla même pas. Cet homme qui avait décidé de dire la vérité, il lui plaisait beaucoup. Avec lui, au moins, les choses étaient claires et on savait à quoi s'en tenir.

— Tu vas être très fatigué dans les jours qui viennent, tu auras aussi quelques saignements de nez, et puis ça devrait aller un peu mieux.

Le professeur ajouta, prenant Cyprienne à témoin :

— Il n'y a pas d'hypertrophie des ganglions et de la rate. Nous allons poursuivre le traitement que nous avons commencé à base de cortisone et d'antimitotiques. Nous y arriverons.

Il partit. Cyprienne s'assit et lança d'un air farouche :

— Moi aussi j'ai perdu mes cheveux à quatorze ans quand j'ai eu la typhoïde. J'en ai guéri et regarde aujourd'hui : je n'en perds pas un. Alors, c'est bien simple : tu feras pareil puisque tu es mon petit-fils.

— Oui, répondit Sébastien, je ferai pareil.

Il repartit, cette fois-là, vers le village où l'attendait Auguste, heureux de ne plus soupçonner le mensonge autour de lui, de ne plus avoir à se poser de questions inutiles. Près de lui, à l'arrière de la voiture, Cyprienne, bien droite, indestructible, veillait, ses mains croisées sur ses genoux.

4

Millac, comme tous les villages, s'endormait doucement. Sur la place, à part le café, un seul commerce avait gardé portes ouvertes : une épicerie-mercerie-dépôt de pain que fréquentaient ceux qui ne possédaient pas de voiture et ne pouvaient donc se rendre à Gourdon. Il était tenu par un couple hors d'âge qui prolongeait dans la mélancolie l'activité d'une vie sans histoire. Des vestiges d'une civilisation rurale désormais à l'agonie subsistaient çà et là : le travail à moitié écroulé d'un maréchal-ferrant, un lavoir aux pierres polies par les ans, un foirail désertique, un monument aux morts où plus personne ne venait se recueillir les jours où l'on fêtait jadis la victoire. Des noms figés dans la pierre témoignaient là d'héroïques sacrifices aujourd'hui oubliés.

Il n'y avait plus aucun artisan en activité. Ils étaient partis à la retraite ou vers la ville pour plus de sécurité, depuis leur dernier infarctus. Quelques fermes survivaient encore grâce aux subventions du gouvernement, animées par les fils aînés des agriculteurs demeurés en ces lieux, parce qu'il fallait bien prendre la suite, mais dont les femmes et enfants ne rêvaient que de grandes villes et de voyages. Les autres habitants étaient des retraités qui jouaient aux boules ou se retrouvaient au café pour le tiercé, ressassant une splendeur passée. Cette agonie se prolongeait grâce au regroupement rural : une classe de douze élèves avait pu être maintenue, à l'opposé du café et de la mairie, dans l'ombre de quelques marronniers aux feuilles rouillées. Parfois, les cris des enfants en récréation réveillaient brusquement des échos endormis, comme arrachés au temps par un forceps administratif. Alors les vieux tendaient l'oreille et sentaient monter du fond de leur mémoire une vague délicieuse et désespérée, qui les laissait au bord des larmes.

Le soleil de juin sur ces toits paisibles demeurait le même, pourtant, et le ciel déployait ce bleu impérissable qui avait adouci tant de vies. C'était de ces vies-là qu'Auguste entretenait Sébastien à l'ombre d'une haie, après s'être occupé des foins. On en venait à bout plus vite qu'autrefois, lorsqu'il fallait les rassembler et les retourner à la fourche : ce matin, avec son vieux tracteur, Auguste avait coupé l'herbe en deux heures, puis il l'avait dispersée avec une écarteuse, et maintenant, il suffisait de la laisser sécher. Des éteules blondes giclaient des sauterelles d'un vert jaunissant. L'air sentait la paille, les feuilles sèches, les granges ouvertes. De bonne heure, la douceur de l'air ne laissait rien présager de la canicule qui allait bientôt s'abattre sur la vallée et se prolongerait tard dans la nuit.

Descendu du tracteur, Auguste racontait la vie d'avant en mangeant son fromage de chèvre : les foires, les banquets, les lessives au bord du Thézou, les charrettes, les chevaux, une manière de vivre que Sébastien n'avait jamais connue.

— Avant le tracteur, expliquait Auguste, il fallait couper à la faux, écarter, laisser sécher, monter les meules, et charger sur la charrette. On mettait parfois huit jours et il était rare qu'on échappe aux orages. Aujourd'hui, en trois jours, c'est fini. Mais ce n'est pas pour autant que le foin est meilleur pour les bêtes. Et puis les foins, malgré tout, c'était une fête : l'occasion de se réunir, de manger tous ensemble, et de rentrer le soir, dans la nuit tombante, sous les étoiles, au pas de l'homme.

Chaque fois qu'Auguste parlait, Sébastien, lui, revoyait les rues noires de Choisy, les voitures, les camions, l'école aux murs couverts de graffitis close sur elle-même, la salle de classe aux volets cassés, l'immeuble de briques rouges où il vivait les derniers temps, les lumières des grands magasins dans la pluie de l'hiver, et, malgré de réels efforts d'imagination, il ne parvenait pas à entrevoir ce qu'Auguste évoquait. Ces deux mondes n'étaient pas superposables. Ils étaient totalement étrangers, trop différents pour être rapprochés, même par l'imagination. Auguste le comprenait, hochait la tête d'un air accablé, mais continuait à raconter tout de même. Sébastien savait combien les mots de son grand-père étaient précieux, mais lui, ce n'était pas du passé dont il avait besoin : c'était d'un présent paisible et sans menace.

Depuis son retour de Toulouse, il se sentait plus fort, moins en danger, et cela grâce au professeur, à Cyprienne, mais aussi grâce à Auguste qui feignait d'avoir oublié la maladie. Ils n'avaient plus reparlé des hellébores d'hiver. Tous deux faisaient comme si ce n'était plus nécessaire, puisqu'il allait guérir. Et cependant Sébastien ne se sentait pas très bien. La sueur, souvent, inondait son front ; ses jambes, parfois, tremblaient sous lui, mais il s'efforçait de le cacher à Auguste. Il faisait comme s'il allait bien, partait seul sur les chemins, près du ruisseau, plongeait ses mains sous les racines, de l'eau jusqu'en haut des cuisses, pour y capturer des truites. Auguste le savait mais n'avait pas cherché à le lui interdire, au contraire. Il avait seulement dit, d'un air faussement effrayé :

— Attention à Cyprienne ! Si elle apprend que tu braconnes, elle va m'arracher les yeux.

— Ne t'inquiète pas, répondait Sébastien, j'emporte la ligne.

Une complicité s'était nouée entre eux, à l'encontre de Cyprienne dont ils exagéraient la menace. C'était même devenu un jeu, qui leur permettait d'échanger des regards faussement affolés dès qu'elle se dirigeait vers sa cuisinière, lors des repas, détournant pour quelques secondes son regard inquisiteur, après avoir haussé les épaules et fermé les yeux d'indignation devant l'innocence feinte d'Auguste.

Ils rentraient, ce matin-là, vers dix heures, dans la paix bleutée de juin, quand les jambes de Sébastien s'effondrèrent sous lui. Il tenta de saisir une branche de noisetier, ses mains battirent l'air, puis il se sentit tomber dans un puits sans fond. Quand il rouvrit les yeux, il rencontra le regard éperdu d'Auguste penché sur lui. L'ombre qui y régnait lui fit plus peur que le néant dans lequel il avait été plongé pendant une minute et, pour le fuir, il se redressa vivement, s'assit en répétant :

— C'est rien, Auguste, c'est rien.

Il fit un effort sur lui-même pour se relever, y parvint, se remit à marcher sur le chemin, prêt à tout pour ne plus voir ce regard dans lequel il avait aperçu une lueur inhabituelle. Or, Auguste n'était pas homme à avoir peur de quoi que ce soit. C'était donc qu'il venait de se passer quelque chose de grave. Quelque chose qui devait être nié, refusé. Sébastien se retourna brusquement, arrêta Auguste du bras et dit :

— J'ai marché trop vite, c'est tout. Promets-moi de ne rien dire à Cyprienne.

— Il faudrait peut-être en parler au médecin.

— Non, dit Sébastien, c'est vraiment pas la peine. Regarde ! ça va très bien.

Pourquoi cherchait-il à protéger Cyprienne qui incarnait la force et le courage ? Il ne le savait pas vraiment. Ce qu'il savait, c'était qu'il ne voulait jamais plus apercevoir un regard aussi désespéré ni ressentir cette impression d'immense solitude qui l'avait submergé à l'instant où il était revenu à lui.

— Promets-le-moi, répéta-t-il.

— C'est promis, fit Auguste, du bout des lèvres.

Il s'était repris, avait retrouvé une apparence normale. Et même la force de sourire et de dire :

— Dépêchons-nous de rentrer. Il fait trop chaud, maintenant.

Le soleil avait effectivement effacé la rosée de la nuit. Les sauterelles crépitaient dans le pré qu'ils traversaient, où s'étalaient de larges andains d'un vert tendre. Des tourterelles s'envolèrent des branches basses d'un prunier sauvage. Au-dessus du village, le bleu du ciel s'éclaircissait dans la gloire aveuglante du jour. On sentait la chaleur s'épaissir au ras du sol, drainant des parfums de terre et d'écorce. Sans se concerter, Auguste et Sébastien pressèrent le pas pour retrouver le plus vite possible la fraîcheur des murs de la maison où régnait Cyprienne.

Deux jours avaient passé. Ils avaient pris l'habitude de s'asseoir sous le tilleul, le soir, après le repas, pour attendre la nuit. Sébastien se tenait entre Auguste et Cyprienne, là, au terme de ces interminables journées de juin qui n'étaient que chaleur et lumière. Il avait l'impression de se trouver au cœur du monde, en un lieu secret à l'abri de tous les dangers. Comme si une très ancienne mémoire révélait en lui une permanence qui le dépassait, comme si le cœur qui battait là ne s'arrêterait jamais de battre, au contraire de celui des vivants. Il éprouvait la sensation délicieuse d'avoir atteint un socle impérissable, inaccessible à la maladie et sans doute à la mort.

L'air sentait le fenil et la paille sèche. Le ciel verdissait avant de tourner au rose, puis au rouge, à mesure que la nuit avançait. Il n'y avait pas un bruit autour d'eux, sinon, parfois, très loin, dans une ferme, l'aboiement d'un chien accueillant son maître au retour des champs. Ils écossaient des petits pois ou équeutaient des haricots verts du jardin de Cyprienne, et Sébastien trouvait dans ces gestes qu'il venait d'apprendre une paix, une sécurité dont il ne pouvait plus se passer.

Il n'avait pas eu d'autre malaise, mais le souvenir de son plongeon dans le néant lui revenait parfois à l'esprit. Auguste, pourtant, avait tenu sa promesse. Il n'avait rien dit à Cyprienne qui n'aurait pas manqué d'emmener aussitôt son petit-fils à Toulouse. Sébastien, cependant, constatait que son grand-père était plus inquiet qu'auparavant, et que s'il avait choisi de se taire, c'était par loyauté envers lui, pour tenir sa promesse. Il avait compris que son petit-fils en avait besoin, tout simplement. Il avait pris ce parti d'instinct, comme d'instinct, un mois plus tôt, il lui avait parlé de l'hellébore. Auguste ne savait pas vivre autrement : il faisait toujours confiance à ce que lui soufflait la voix de sa bonté naturelle.

Le regard de Cyprienne, lui, se faisait de plus en plus aigu, comme si elle avait deviné quelque chose. Et quand Auguste avait annoncé un soir à Sébastien qu'il l'emmènerait le 24 juin cueillir les plantes de la Saint-Jean, elle s'était interposée en disant :

— Il faut qu'il dorme, ce gosse.

— Il se rattrapera le lendemain, avait répliqué Auguste.

— Mais oui, c'est ça, et bientôt, il sera plus fatigué qu'avant d'arriver ici.

Auguste n'avait pas insisté. Il savait qu'elle céderait parce que même si elle se souciait de la santé du petit, elle avait aussi envie de lui faire plaisir. Auguste, lui, avait trouvé ce moyen pour faire comprendre à Sébastien qu'il n'avait pas peur de l'emmener une nouvelle fois avec lui, qu'il considérait son malaise de l'autre jour comme étant sans gravité. Depuis, Sébastien attendait impatiemment la nuit de la Saint-Jean.

Un soir, juste après le repas, alors qu'ils s'apprêtaient à passer la soirée sur le banc comme à leur habitude, un homme arriva, qui lança joyeusement :

— Salut la maison !

— Salut, Baptiste ! répondit Auguste.

C'était un très gros homme, vêtu d'un pantalon gris et d'un maillot de corps blanc, sans manches, qui laissait apparaître des bras monstrueux. Il broya la main d'Auguste, puis celle de Sébastien, et salua Cyprienne d'un signe de tête distant, comme s'il existait entre eux un contentieux. Sébastien apprit qu'il s'agissait de l'ancien boulanger, qui avait pris sa retraite dans la maison où il avait passé sa vie, une fois sa boutique fermée. Il souffrait d'albuminurie chronique et se faisait soigner par Auguste, car les médicaments chimiques, prétendait-il, l'empoisonnaient. Cyprienne marmonna en s'occupant à nettoyer sa cuisinière, tandis qu'Auguste entraînait le boulanger dehors, sur le banc, pour lui épargner les foudres de sa femme. Sébastien les suivit. Les deux hommes parlèrent un moment de la chaleur accablante du jour, de la santé de leurs connaissances, puis Auguste s'en alla dans son appentis chercher la bouteille de vin d'oignon qu'il avait préparé pour le boulanger.

— Pas plus de quatre cuillerées à café par jour, précisa-t-il en revenant.

— Mais oui, mais oui, fit Baptiste. Ne t'inquiète pas, Auguste, j'ai pas envie d'aller manger les pissenlits par la racine.

Les deux hommes discutèrent encore un moment des affaires du village, des foins qui avaient été rentrés sans pluie, puis Baptiste, qui sentait le moment proche où Cyprienne, après avoir fait sa vaisselle, allait les rejoindre, leur serra la main et s'en alla, énorme et tanguant sur ses jambes, sa précieuse bouteille à la main.

— C'était ton deuxième métier, de soigner les gens ? demanda Sébastien.

— Oh ! répondit Auguste, ce n'était pas un métier, tu sais.

— Parce que tu ne gagnais pas d'argent ? demanda Sébastien qui avait remarqué que le boulanger n'avait pas payé la précieuse bouteille.

— Non, je ne me suis jamais fait payer.

— Pourquoi ?

— Parce qu'elles ne me coûtent rien à moi, ces plantes et ces fleurs. Seulement la peine de me baisser pour les ramasser.

— Il faut aussi les faire sécher et les préparer, observa Sébastien.

Auguste, un instant, parut songeur, puis il murmura :

— Pourquoi voudrais-tu que je fasse payer ce que le Bon Dieu nous donne gratuitement ?

Sébastien en resta stupéfait. Ils avaient parlé du paradis, de la mort, mais ils n'avaient jamais parlé du Bon Dieu. Or Auguste y croyait, au Bon Dieu. C'était évident, après ce qu'il venait de dire.

— Tu le vois comment, toi, le Bon Dieu ? demanda Sébastien.

— Oh ! Je ne sais pas trop.

— Il est là pour nous protéger, n'est-ce pas ?

— Oui, répondit Auguste qui commençait à redouter le tour que prenait la conversation.

— Alors pourquoi permet-il qu'il y ait des enfants malades ?

Auguste se gratta le crâne de l'index, réfléchit un instant, répondit :

— Il ne peut pas être partout ; c'est tellement grand le monde.

C'était là un argument indiscutable, en tout cas la réponse que Sébastien attendait. Ils demeurèrent un instant silencieux, puis Cyprienne apparut, son panier de haricots verts à la main. Elle ne put que remarquer l'émotion qui régnait entre le grand-père et son petit-fils, demanda :

— Vous avez avalé votre langue ?

— Non, dit Auguste précipitamment. On parlait de...

Il hésita, buta sur les mots.

— Du Bon Dieu, fit Sébastien.

— Ah ! s'exclama-t-elle, il ne manquait plus que ça.

Et, se mettant en colère devant cette complicité qui lui échappait :

— Vous ne pouvez pas le laisser tranquille, le Bon Dieu, non ? Vous croyez qu'il n'a pas autre chose à faire que de s'occuper de deux braconniers ?

— C'est ce que je lui disais, fit Auguste.

— Que vous êtes deux braconniers ?

— Non. Que le monde est grand et qu'il a beaucoup à faire.

— Oui, moi aussi j'ai beaucoup à faire. Aussi, dès demain, le petit va m'aider au jardin au lieu d'aller courir les chemins.

Sébastien s'arrêta de respirer, avec, en lui, l'intuition qu'elle avait tout deviné. Ou alors Auguste lui avait parlé. Non, ce n'était pas possible. Il se tourna vers son grand-père, mais Auguste s'obstinait à regarder, au-dessus de la colline, les premières étoiles. Il se dit que Cyprienne était en colère à cause de la visite du boulanger, en fut soulagé.

Maintenant, l'air sentait le tilleul, le foin chaud. Les étoiles s'allumaient une à une, en clignotant peureusement, comme si elles craignaient de se montrer aux humains. Cyprienne avait d'autorité donné une poignée de haricots verts à Auguste et à Sébastien. Elle équeutait les tiges vertes beaucoup plus vite qu'eux et sa colère paraissait se calmer, c'est du moins ce qu'il sembla à Sébastien. Aussi fut-il très surpris lorsqu'elle s'exclama, un peu plus tard, en haussant les épaules :

— Braconnier et empoisonneur ! Il ne m'a rien manqué, à moi.

Auguste soupira, mais ne répondit pas. Sébastien observa du coin de l'œil sa grand-mère, s'aperçut qu'elle souriait. Auguste se mit à chanter :

— *Bohémienne aux grands yeux noirs*...

— Oui, c'est ça, traite-moi de bohémienne, maintenant. Ce n'est pas plutôt toi le bohémien, à courir les chemins comme tu le fais ?

— *Quand nous partions sur les chemins*..., fredonna Auguste.

— Pauvre de moi ! gémit Cyprienne.

Elle riait, maintenant, et la nuit de juin refermait sur eux ses bras de velours. Sébastien se sentait si bien qu'il repoussa le plus possible le moment d'aller se coucher. Il y avait là, il le savait, entre cet homme et cette femme qui riaient sous les étoiles crépitantes de juin, quelque chose de précieux et de sacré. Quelque chose qu'il avait pressenti lors de son premier séjour, qu'il avait du mal à définir, mais qui seul parvenait à faire fondre la neige qui, parfois, le submergeait encore, sournoisement, au moment où il s'y attendait le moins.

Le lendemain, ainsi qu'elle l'avait exigé, il dut aider Cyprienne au jardin. Pendant le petit déjeuner, alors qu'Auguste projetait d'aller marcher sur les collines, elle n'en avait pas démordu. Dorénavant, Sébastien resterait près d'elle, au lieu de s'épuiser à courir les champs et les prés.

Ce jardin était méticuleusement entretenu et nul n'y entrait sans sa permission. Elle y faisait pousser des salades, des tomates, des poireaux, des oignons, du céleri, des pommes de terre, des petits pois et des haricots verts dont c'était la pleine saison. Il fallait en ramasser tous les jours, pour en manger, certes, mais aussi pour en vendre aux marchés de Gourdon. Au fond, devant la haie, un lilas achevait de donner des fleurs, tandis qu'un chèvrefeuille enveloppait d'un jaune et d'un vert pastel la cabane où l'on rangeait les outils.

Cyprienne, qui souffrait du dos pour avoir vécu courbée vers la terre depuis toujours, installa le sac de jute sur lequel elle s'agenouillait et invita Sébastien à venir l'aider. Il n'aimait pas la voir ainsi agenouillée. Il l'imaginait dans son enfance, faible et corvéable à merci, et cette pensée lui était douloureuse. Il aurait bien aimé le lui dire, mais il n'osait pas.

Après avoir ramassé les haricots, elle s'empara d'un tabouret pour couper entre ses ongles les cosses de petit pois. Ainsi, elle était plus à portée des rames grimpantes. Sébastien, aussitôt, se sentit soulagé. Il l'aida de son mieux, accroupi, dans le matin que le soleil n'avait pas encore embrasé, enivré par le parfum de la terre et du chèvrefeuille encore humides. Près d'eux, les paniers d'osier se remplissaient. Cyprienne ne parlait pas. Elle travaillait vite, sans un regard pour Sébastien qui prenait peine à suivre son rythme. Il fallait se hâter : à dix heures il ferait trop chaud.

Ils étaient ainsi occupés depuis une heure, quand Sébastien, brusquement, se mit à saigner du nez. Pas d'une seule narine, mais des deux, comme cela lui était arrivé à plusieurs reprises depuis un an. En même temps, il se mit à grelotter, à avoir froid, très froid. Vite, elle le conduisit dans la maison où elle le fit coucher, une serviette sur le nez, le couvrant d'une épaisse couverture.

— C'est rien, Cyprienne, tenta-t-il de la rassurer.

Le visage de sa grand-mère avait pris un masque dur, méconnaissable. De la chambre il l'entendait marmonner dans la cuisine, tandis qu'elle changeait de serviette, l'humidifiant d'eau froide. Dès qu'elle revenait, il sentait son regard grave posé sur lui, et il tentait de lui sourire, mais elle ne se déridait pas.

— Je vais appeler le médecin, dit-elle.

— Mais non, c'est pas la peine.

Elle attendit encore une dizaine de minutes, et, comme le saignement ne s'arrêtait pas, elle s'en fut téléphoner. Sébastien l'entendit parler, puis raccrocher. Elle revint dans la chambre, les sourcils froncés, demanda avec une inquiétude mal dissimulée :

— Tu as encore froid ?

— Non, un peu moins.

En réalité, il n'avait jamais eu aussi froid.

Elle s'assit sur une chaise, près de lui, comme elle le faisait à Toulouse.

— C'est rien, répéta-t-il. Ça passe.

— Hé ! Bien sûr que ça va passer ! fit-elle d'une voix exagérément ferme, dont le ton était démenti par la fragilité du regard.

Le médecin arriva en même temps qu'Auguste. Il se montra rassurant : tout cela était normal, mais il allait quand même le signaler au professeur B., puisqu'un nouveau voyage était prévu avant la fin de la semaine. Une fois l'hémorragie stoppée, il repartit en recommandant à Sébastien de ne pas s'exposer au soleil. L'enfant en avait bien envie, pourtant : il avait l'impression que le froid le quitterait définitivement.

Une fois levé, il s'installa à table avec Auguste, qui n'avait pas déjeuné.

— C'est bien la peine de le garder avec toi ! reprocha-t-il à Cyprienne.

Elle ne répondit pas, fouilla dans ses placards à la recherche d'une casserole, pour y verser ses petits pois.

— Tu crois que c'est bon pour lui, de le faire pencher sur tes haricots verts ? reprit Auguste.

— Oh ! Que tant d'affaires ! se rebella-t-elle. C'est mieux, peut-être, de lui faire ramasser des herbes qui ne servent à rien ?

— Avec moi, au moins..., reprit Auguste, puis il s'arrêta.

Il venait de penser au malaise de son petit-fils la veille et comprit qu'il allait mentir. Le silence envahit la cuisine. On n'entendit plus que le caquètement des poules dans la cour et le bourdonnement d'un tracteur au loin. Sébastien sortit et s'assit sous le tilleul. Il avait moins froid, maintenant, mais il ne parvenait pas à oublier ce qui s'était passé, et il s'inquiétait : est-ce que le professeur, lors du prochain voyage, ne le garderait pas à Toulouse ? À cette idée, il se remit à trembler. Heureusement, Auguste vint s'asseoir près de lui et lui dit, ayant retrouvé son sourire :

— Demain soir c'est la Saint-Jean. Tiens-toi prêt. Je compte sur toi.

La vie venait de reprendre son cours normal. La peur, lentement, s'en allait. Elle disparut complètement quand Auguste ajouta :

— Ce soir, on ira pêcher à la sauterelle. Avec les foins, les truites s'y sont habituées. Viens, on va préparer les lignes.

Sébastien se leva et le suivit vers l'appentis où la chaleur, prisonnière des tuiles, le réchauffa en un instant. Il lui sembla alors que le sang se remettait à circuler dans ses veines, qu'il était de nouveau sensible à la chaleur de l'été.

La nuit de la Saint-Jean était belle, auréolée de magnifiques étoiles filantes. Ils avaient réussi à échapper à Cyprienne qui avait soupiré, de guerre lasse :

— N'allez pas trop loin, et rentrez avant une heure du matin.

Ils s'étaient dirigés vers la plaine, le long des chemins où la lune coulait en ruisseaux de lait. Ils avaient marché lentement, au milieu des parfums lourds qui se levaient en nappes sous leurs pieds, accompagnés par le chant des grillons, celui-là même qui, chaque soir, aidait Sébastien à s'endormir. Auguste avait fait provision de sauge, de mélisse, de mauve et de grande berce. Comme à son habitude, il avait expliqué à Sébastien à quoi elles lui servaient, puis ils s'étaient assis en bordure d'un pré pour se reposer avant de revenir vers le village.

Des chauves-souris griffaient l'ombre au-dessus d'eux. La nuit crépitait d'étoiles, bercée par le chant des grillons qui devenait de plus en plus intense. Sébastien ferma un instant les yeux, se demanda s'il avait déjà connu une telle paix. À Paris, il ne pouvait pas laisser la fenêtre ouverte à cause du bruit des voitures et des trains. Ici, il avait appris à goûter les nuits de juin. Il appréciait cette sensation d'être enveloppé dans une soie tiède, de ressentir par tous les pores de la peau les parfums, les murmures qui sortaient de la terre assoupie ou descendaient du ciel.

Il rouvrit les yeux, aperçut le dernier trait d'une étoile filante, demanda :

— Dis, Auguste, est-ce que tu crois que les étoiles sont habitées ?

— C'est bien possible, fit Auguste, sans véritable conviction.

— Est-ce que tu crois que nous irons un jour ?

— Peut-être bien. Pas moi, en tout cas, mais toi tu pourras sans doute monter dans une fusée.

— Tu n'en as pas envie ?

— Oh ! Moi je suis bien ici.

Ils se turent. Le panier d'Auguste, au milieu d'eux, embaumait. Tout semblait immobile, figé dans une contemplation muette de la nuit et du monde. Seul le froissement des feuilles, par instants, rehaussait le silence, puis, de nouveau, s'éteignait. Alors, dans cette vie délicieusement suspendue, Sébastien eut l'intuition de ce qu'il cherchait à comprendre depuis le début de juin. Au cœur de ces nuits-là, le temps s'arrêtait. Il n'y avait ni passé, ni futur, ni le moindre danger. Une sorte d'éternité délivrait les vivants. Un bien-être dans lequel il aurait voulu se fondre à tout jamais.

Ils demeurèrent silencieux un long moment, puis Auguste parut s'éveiller d'un songe et s'exclama :

— Vite ! Il doit être tard. Cyprienne va s'inquiéter.

Ils rentrèrent à pas pressés, entre les haies vives où les merles, dérangés, protestaient en s'enfuyant.

Cyprienne les attendait sous le tilleul, immobile. Contrairement à ce qu'ils redoutaient, elle ne leur fit aucun reproche. Sébastien s'assit près d'elle tandis qu'Auguste portait ses plantes dans le grenier de la remise où elles sécheraient tout l'été. Cyprienne semblait très calme et, pour la première fois, son visage, que Sébastien apercevait dans la lueur de la lune, paraissait très doux, délivré de sa dureté habituelle. Comme si elle s'en était aperçue et pour s'en défendre, elle murmura :

— Il faut aller dormir, il est tard.

Et, sans laisser à Sébastien le temps de répondre, elle se leva et se dirigea vers la maison. Il la suivit avec regret : il aurait bien voulu rester sous le tilleul, dans cette nuit si douce. Mais Auguste rentra lui aussi, il semblait fatigué après une si longue journée : même à la retraite, il avait gardé l'habitude de se lever à cinq heures du matin.

Après les avoir embrassés, Sébastien gagna sa chambre, se coucha, mais laissa la fenêtre ouverte. Le chant des grillons dans le pré l'accompagna jusqu'aux rives du sommeil, puis un bruit de voix dans la chambre d'à côté le réveilla. Il tendit l'oreille, comprit que c'était Cyprienne qui parlait, crut qu'elle faisait toujours les mêmes reproches à Auguste, et il se leva, ouvrit sans bruit la porte de sa chambre, fit un pas dans le couloir.

— Vendre ! Vendre ! disait Auguste, je veux bien, moi, mais qui va acheter ? Plus personne n'en veut, des terres, tu le sais bien. Ils sont tous partis.

— Et le fils Chassagne ?

— Il ne peut même pas payer les loyers de celles qu'il loue.

— Alors ? Comment allons-nous faire ?

— J'en sais rien, moi !

Comme l'une des voix se rapprochait de la porte, Sébastien battit précipitamment en retraite et se hâta de se glisser sous son drap. Auguste et Cyprienne avaient des problèmes d'argent, c'était évident. Sans doute à cause de lui, de tous ces voyages à Toulouse, de ces repas qu'en temps normal, sans doute, Cyprienne n'avait pas l'habitude de préparer. Sa mère ne participait-elle pas aux frais que sa présence occasionnait ? Cyprienne payait le médecin lors de ses visites. Elle payait aussi parfois les médicaments. Qui la remboursait ? La Sécurité sociale, probablement, mais est-ce que Nicole s'en occupait ? Si oui, avec quel retard ? Sébastien se sentit coupable, se promit d'écrire à sa mère dès le lendemain, parvint enfin à retrouver le sommeil.

Au matin, quand il se leva, Cyprienne n'était pas là. Seul Auguste l'attendait dans la cuisine. Il prépara le déjeuner de Sébastien qui demanda :

— Où est Cyprienne ?

— Elle est allée à Gourdon.

Et, comme Sébastien levait vers lui un regard d'incompréhension :

— Elle travaille chez un maraîcher en cette saison. Deux ou trois jours par semaine.

— C'est vrai ? demanda Sébastien, étonné.

— Bien sûr que c'est vrai.

— Elle travaillait avant que j'arrive ?

— Non, c'était pas encore la saison.

— Et pourquoi ? fit Sébastien qui regretta aussitôt sa question.

Auguste, qui, se sentant coupable, s'était troublé, répondit :

— Elle a toujours aimé ça : les serres, les jardins, les légumes. Même quand on avait toutes les terres en exploitation, elle allait parfois à la journée chez ce maraîcher.

— Et le jardin, ici ?

— On s'en occupe le matin de bonne heure et le soir.

— Et quand il faudra aller à Toulouse ?

— Ne t'inquiète pas : elle ne travaille à Gourdon que si elle veut bien.

Le regard de l'enfant croisa celui d'Auguste. Il comprit qu'il ne devait pas aller plus loin. Il trempa son pain dans le bol de café au lait, mangea en silence. Auguste s'affairait maintenant devant l'évier, lui tournait le dos.

— Dès que j'aurai l'âge, je les reprendrai, les terres, moi, dit brusquement Sébastien.

Il crut qu'Auguste n'avait pas entendu.

— Tu entends, Auguste ? Moi je resterai ici, et je reprendrai les terres dès que je le pourrai.

— Oui, oui, j'entends !

— Et alors ? tu ne dis rien ?

— Oh ! tu sais, maintenant, c'est devenu bien difficile.

— Mais tu serais content si je restais ici ?

— Ah ! Si c'était possible, je serais très content, oui.

Comme le grand-père s'affairait toujours devant l'évier et ne se retournait pas, Sébastien sortit dans la cour inondée de lumière, s'assit sur le banc, regarda les prés qui fumaient doucement sous le soleil. Il se demanda si Cyprienne travaillait à l'ombre, puis il la revit agenouillée dans le jardin, et quelque chose se noua douloureusement en lui.

5

On était à la mi-juillet et l'été était toujours aussi beau. La mère de Sébastien était venue à Millac à la suite de sa lettre, avait proposé de l'argent à Cyprienne, mais celle-ci, comme offensée, avait refusé. Et pourtant elle continuait à s'absenter deux fois par semaine, excepté, bien sûr, les jours où ils se rendaient à Toulouse, si bien que Sébastien ne savait plus quoi penser.

À Toulouse, les analyses se révélaient bien meilleures, mais Sébastien avait perdu presque tous ses cheveux. Cyprienne avait promis de l'emmener au marché de Gourdon pour lui acheter une casquette. Il avait été entendu qu'ils s'y rendraient tous les trois le samedi suivant, et Sébastien avait attendu le matin du départ avec impatience. Il s'était demandé pourquoi Cyprienne ne l'avait jamais emmené jusqu'alors, puis avait renoncé à trouver une explication.

Le grand jour était arrivé et ils roulaient dans le petit matin où erraient çà et là des écharpes de brume que le soleil transperçait dès que la route montait. Ailleurs, dans les vallons, c'est à peine si on apercevait les arbres dans les prés, ou les troupeaux qui, parfois, le long des clôtures, apparaissaient brusquement, comme surgis d'un monde mystérieux. La ville, qui se trouvait sur une colline, baignait dans une lumière chaude qui mettait en valeur ses murs d'un jaune orangé et ses toits de tuiles brunes.

Auguste s'engagea dans le boulevard qui faisait le tour du centre ancien, trouva difficilement à se garer assez loin du marché. Il fallut transporter les cagettes de légumes jusqu'à l'endroit où Cyprienne semblait avoir ses habitudes : sur le trottoir entre le boulevard et le mur des remparts où se trouvaient déjà des marchands ambulants qui vantaient leurs marchandises aux ménagères.

Quand ce fut fait, Cyprienne demanda à Auguste de faire visiter la ville à Sébastien, et elle demeura devant ses salades, ses choux, ses tomates et ses haricots verts.

— Revenez dans une heure, dit-elle, et je l'emmènerai acheter sa casquette.

Sébastien s'éloigna en compagnie d'Auguste, mais ils ne purent aller bien loin. Auguste ne cessait de s'arrêter pour serrer la main des hommes qu'il croisait, et, le plus souvent, en entamant une conversation. Sébastien s'en amusa, en fut flatté : on semblait porter beaucoup d'estime à son grand-père. Ce qui l'étonnait le plus, c'était qu'Auguste paraissait connaître tout le monde. Tous, ici, se saluaient, et c'était très différent de Paris où, au contraire, les gens s'ignoraient. Sébastien en fut heureux. Il y avait là quelque chose de rassurant : une bienveillance mutuelle, en tout cas un respect, une manière de vivre bien différents de ce qu'il avait connu.

Auguste ne put échapper aux manifestations de reconnaissance d'un homme qu'il avait soigné trois ans auparavant et qui l'entraîna vers un café, malgré ses protestations.

— J'en ai pas pour longtemps, dit-il à Sébastien. Attends-moi là une minute.

Sébastien s'assit sur un mur et attendit beaucoup plus d'une minute en observant les gens autour de lui. Passaient des paysans reconnaissables à leurs vêtements usagés, à leur manière de se déplacer sans hâte, leur façon de se saluer d'une lourde poignée de main. Les gens de la ville, mieux vêtus, plus pressés, s'adressaient plutôt un signe de tête ou un sourire. Sébastien s'aperçut que beaucoup le regardaient, intrigués par son crâne presque chauve. Il y avait d'abord dans leurs yeux une lueur d'incompréhension, puis, aussitôt après, lui sembla-t-il, de pitié. Il se sentit très mal, regretta de n'être pas resté auprès de Cyprienne. En apercevant des garçons de son âge, il se cacha derrière un arbre, fut soulagé quand Auguste réapparut en lui disant :

— Pas un mot à Cyprienne ! Le café, tu sais, elle aime pas ça.

— Oui, Auguste, ne t'inquiète pas.

Un peu plus loin, Auguste acheta des pointes et du fil de fer, et bientôt, après avoir fait le tour entier du boulevard, ils retrouvèrent Cyprienne qui s'impatientait.

— Allez viens ! dit-elle à Sébastien qui dut reprendre la même direction, tandis qu'Auguste s'installait derrière les cagettes.

Cyprienne semblait savoir où elle allait. Effectivement, à une centaine de mètres de son étal, elle entra dans une boutique où l'on vendait des chapeaux et des casquettes. Sébastien en fut consterné : jamais il ne pourrait porter l'une des casquettes que l'on trouvait ici et qui semblaient uniquement destinées à des vieux. Il protesta d'abord timidement, puis accepta d'en essayer une, mais le résultat était affligeant. Cyprienne finit par comprendre ce que l'enfant osait à peine formuler. Elle prétexta un prix trop élevé pour ressortir et demanda, une fois sur le trottoir :

— Et maintenant ? Comment va-t-on faire ?

— Je sais où aller, dit Sébastien qui avait repéré un magasin de sport un peu plus loin.

D'abord elle refusa, puis elle finit par se laisser convaincre, mais il eut l'impression qu'elle ne tenait pas à se rendre dans cette direction. Elle le suivit de mauvaise grâce, et il put lui montrer dans la vitrine une casquette de base-ball américain, de couleur bleue, qui lui fit pousser des hauts cris.

— C'est une casquette, ça ? s'exclama-t-elle.

— Pour les jeunes, oui.

Elle le dévisagea un instant, et son visage s'éclaira. Elle venait de réaliser que son petit-fils avait dix ans et qu'il ne pouvait pas avoir oublié la grande ville. Elle vérifia cependant le prix avant de pousser la porte et, une fois à l'intérieur, elle reconnut facilement que c'était la casquette qu'il lui fallait. Elle paya avec précaution, sortant lentement les billets de son porte-monnaie comme tous ceux pour qui le moindre franc compte, puis ils s'en allèrent, Sébastien arborant fièrement sa casquette.

À peine avaient-ils fait trois pas qu'une voix interpella la grand-mère :

— Cyprienne ! S'il vous plaît.

Elle eut une hésitation, fit comme si elle n'avait pas entendu alors que l'enfant, lui, s'était arrêté. La femme qui avait hélé Cyprienne était habillée d'un tailleur élégant de couleur verte, comme il en avait vu à Paris, dans les beaux quartiers. Elle portait aussi de fines lunettes d'argent, et souriait. Pourquoi Cyprienne paraissait-elle si contrariée ? Elle s'approcha, le visage fermé, salua d'un signe de tête.

— Je voulais vous dire, fit la femme au tailleur : la semaine prochaine, je préférerais que vous veniez le mardi au lieu du mercredi.

— C'est entendu, fit Cyprienne d'une voix froide. Au revoir, madame.

Et elle fit volte-face, au grand étonnement de Sébastien qui s'attendait, comme avec Auguste, à une longue conversation. Il songea que cette femme-là ne ressemblait pas du tout à une maraîchère, mais il n'eut pas le loisir de s'attarder sur cette constatation, car Cyprienne marchait devant lui sans se retourner.

Au moment où ils retrouvèrent Auguste, Cyprienne paraissait toujours aussi contrariée. Auguste demanda ce qui se passait, mais elle ne lui donna pas d'explications. Il restait encore quelques légumes dans les cagettes : des haricots verts et une douzaine de tomates.

— On attend jusqu'à onze heures, dit Cyprienne, vous pouvez repartir, si vous voulez.

Auguste prétendit avoir oublié d'acheter des semences et s'éloigna après avoir invité Sébastien à le suivre. Celui-ci refusa, demeura près de Cyprienne, comme s'il sentait qu'elle avait besoin de lui. Il comprit cependant qu'elle aurait préféré rester seule, faillit courir derrière Auguste, puis y renonça. Il s'écarta simplement de quelques mètres, songeant toujours à la femme au tailleur vert…

— Pourquoi tu me regardes comme ça ? fit-elle vivement. Elle ne te plaît pas, ta casquette ?

— Si, elle me plaît beaucoup.

— Alors ? Qu'est-ce que tu me veux ?

— Rien, Cyprienne, rien.

Il se demandait pourquoi elle était si fort en colère — plus, lui sembla-t-il, contre elle que contre lui. Des ménagères en robe ou tabliers à fleurs achetèrent la presque totalité des légumes. Cyprienne faisait disparaître prestement les pièces et les billets dans sa poche, remerciait, reprenait son attitude d'attente butée. Sébastien finit par s'éloigner davantage et son attention fut attirée par des volailles pendues à l'étal d'un marchand qui semblait ne leur accorder aucun égard. Il en fut révolté, faillit intervenir, mais la voix d'Auguste se fit entendre :

— On s'en va.

Il rejoignit ses grands-parents, les aida à porter les cagettes vides dans la voiture qui, aussitôt après, se fraya difficilement un passage dans la cohue. Enfin elle s'engagea sur le boulevard qui sortait de la ville et pénétrait dans la campagne où la circulation était dense.

Le soleil avait définitivement effacé les brumes des premières heures du jour et la chaleur, en cette fin de matinée, était déjà oppressante. Au bas d'une descente, apparurent sur la droite de la route des serres et des champs de légumes.

— C'est ici que tu travailles, Cyprienne ? demanda Sébastien qui, aussitôt, le regretta.

— Non, c'est pas ici, dit-elle.

Il n'insista pas, mais sentit de nouveau une gêne s'installer entre ses grands-parents et lui, et il en souffrit. Il s'efforça alors de ne plus y penser en observant les champs de maïs et de tabac qui carrelaient la plaine, des tracteurs au travail, des pigeons qui tournaient au-dessus d'un hameau et, pour la première fois depuis deux semaines, il eut froid, très froid, malgré la chaleur. La maladie, qui semblait s'éteindre en même temps que tombaient ses cheveux, se manifestait de nouveau, brutalement, alors qu'il était parvenu à l'oublier.

Heureusement, le froid le quitta dès qu'il rentra dans la maison et retrouva son univers familier. Cyprienne, en se mettant à la cuisine, s'était détendue. Auguste, au-dehors, déchargeait la voiture. Il était un peu plus de midi. Sébastien passa dans la salle de bains pour examiner sa casquette dans la glace. Il avait l'air d'un vrai champion américain. Quand il revint vers la cuisine, Auguste lui lança en riant :

— J'achèterais bien la même, moi.

— C'est ça, fit Cyprienne en portant une salade de tomates sur la table, et tu pourrais aussi mâcher du chewing-gum, comme ça nous serions bien lotis.

Auguste haussa les épaules d'un air résigné. Mais tous les deux riaient et Sébastien, tout à coup, se sentit mieux : il avait retrouvé l'atmosphère dont il avait besoin pour oublier la neige et la peur qu'il redoutait tant.

Le séjour suivant à Toulouse fut très pénible. Satisfait des résultats obtenus grâce au protocole qu'il avait mis au point, le professeur avait légèrement augmenté les doses du traitement.

— Il le faut, mon garçon, dit-il à Sébastien, nous sommes sur la bonne voie.

Les vomissements, cependant, épuisaient Sébastien. Heureusement, Cyprienne était là, qui veillait, toujours aussi forte, toujours aussi confiante. Elle demeurait bien droite sur sa chaise, fidèle sentinelle en qui Sébastien avait toute confiance. Ils partageaient de nouveau une intimité qui les rapprochait, et, comme chaque fois, elle se montrait différente, se confiait plus facilement. Sébastien en profita, un soir, avant de s'endormir, pour lui poser la question qui lui brûlait les lèvres :

— À Gourdon, cette femme, qui c'était ? Pourquoi ne veux-tu pas me le dire ? C'est si grave que ça ?

— Bonté divine ! Qu'est-ce que ça peut bien te faire ?

— Tu m'as toujours dit la vérité, Cyprienne.

Elle tenta encore de lutter, finit par céder en s'exclamant :

— La vérité, la vérité, c'est qu'on n'a jamais pu mettre un sou de côté. Et aujourd'hui, on voudrait vendre des terres et on ne peut pas. Alors je fais des ménages.

— Des ménages ?

— Oui, des ménages, et il n'y a pas de quoi s'en étonner : je fais le ménage chez moi, je peux bien le faire ailleurs. Ça ne donne pas de boutons.

Comme à son habitude, elle avait haussé la voix, s'était redressée et ses yeux lançaient des éclairs.

— C'est pas une affaire, ajouta-t-elle en haussant les épaules. J'en ai fait bien d'autres.

— D'autres ménages ?

— Mais non. D'autres travaux. Surtout quand j'étais jeune.

— Justement, fit Sébastien.

— Justement quoi ?

— Aujourd'hui, tu pourrais te reposer un peu.

— C'est de ne pas travailler qui me fatigue. Et aussi de parler pour ne rien dire.

Le silence tomba, les isola un instant, puis Sébastien demanda doucement :

— Avant que j'arrive, tu faisais des ménages ?

— Oh ! que tant de discours ! Si je ne peux pas travailler pour mon petit-fils, alors, c'est que je suis plus bonne à rien. C'est ça que tu veux me faire dire ?

Sébastien n'insista pas. Il s'en voulut, au contraire, de l'avoir poussée dans ses derniers retranchements, d'avoir une fois de plus touché ce qu'il y avait en elle de meilleur et qu'elle tentait de dissimuler farouchement. Comme pour se faire pardonner, ce soir-là, il parla de sa vie à Paris, lui révéla ses petits secrets : des devoirs copiés sur ceux de son voisin, une fille prénommée Sarah dont il était amoureux, des bonbons achetés avec l'argent destiné aux tickets de métro.

— Tu es un drôle d'énergumène ! s'écria Cyprienne, mais elle ne parut pas s'en formaliser.

Par une sorte d'accord tacite, ils ne parlaient plus de la maladie. Ils écoutaient le professeur mais ne commentaient pas ses paroles. Sébastien savait combien les questions les plus graves qu'il posait au début ébranlaient aussi bien Cyprienne qu'Auguste. Il avait décidé de les préserver le plus possible d'une souffrance qu'il devinait trop bien. En revanche, il ne comptait pas faire crédit à Auguste de son mensonge au sujet du travail de Cyprienne. Auguste avait parlé d'un maraîcher. Il y avait là quelque chose qu'il ne s'expliquait pas et qu'il saurait tirer au clair.

Aussi eut-il hâte de retrouver le village, mais aussi Auguste avec qui il avait des comptes à régler. Celui-ci parut le deviner car il évita, les premiers jours, de se retrouver seul avec son petit-fils. Puis un matin, prétextant un travail urgent, il lui demanda s'il ne voulait pas emmener seul les vaches dans le grand pré, et Sébastien, très fier, accepta.

Le grand pré, qui avait été fauché, ne se trouvait pas à l'autre extrémité du village, mais dans la vallée située entre la route de Gourdon et les collines basses qui s'étendaient à l'ouest. Des prés et des champs de maïs se succédaient, délimités par des haies vives ou des rangées d'érables, de chênes et de peupliers. Ce matin de juillet était d'une sonorité d'église. Il sentait l'herbe, la feuille humide, et le ciel, au-dessus des collines, dont le bleu pâlissait, semblait s'être éloigné de la terre sans espoir de retour.

Les vaches connaissaient le chemin. Cent mètres après le village, elles tournèrent d'elles-mêmes à droite pour s'engager dans un sentier entre deux haies d'églantiers. Il n'y avait aucun bruit, excepté le pas des bêtes et leur souffle puissant qui exhalait une épaisse buée. Sébastien marchait derrière elles, son bâton de buis à la main, les encourageant de la voix.

« Tu refermes la barrière et tu reviens tout de suite », avait dit Auguste.

Il fallut à peine dix minutes à Sébastien pour atteindre le pré et remplir sa mission. Il s'assit alors sur un tronc qui avait été coupé près de la barrière et se sentit tout à coup écrasé par quelque chose dont il sentit confusément la gravité. L'idée de la maladie et du danger, en ces lieux, lui parut insupportable. Il eut peur. Tout était trop beau : le vert des arbres, le bleu pâle du ciel, la blondeur des maïs, mais justement : c'était trop pour qui pouvait mourir et perdre tout cela. Il n'aurait su expliquer cette sensation, cette certitude, mais les ressentait douloureusement. Il se sentit seul, très seul, et il se mit à courir follement vers le village, son cœur cognant dans sa poitrine, une sueur mauvaise coulant de son front.

Une fois dans la cour, il se réfugia dans la grange, où l'odeur du foin lui fit du bien. Il se calma, retrouva son souffle, s'essuya le front, bien décidé à taire à Cyprienne cette angoisse qui, parfois, au moment où il s'y attendait le moins, fondait sur lui et l'écrasait.

Auguste revint à midi, ce jour-là, alors que Sébastien et Cyprienne l'attendaient pour déjeuner. Dès qu'il apparut sur le seuil, Sébastien le trouva changé et comprit tout de suite pourquoi : il n'avait plus un seul cheveu sur la tête, notamment au-dessus des tempes, là où, ce matin encore, il lui en restait quelques-uns.

— Il fait tellement chaud, dit-il en s'asseyant, que je suis allé chez le coiffeur.

Cyprienne haussa les épaules d'un air accablé et lança :

— Que tant de grimaces !

Auguste n'en perdit pas pour autant son sourire. Il s'installa face à Sébastien, à sa place habituelle, souffla :

— On est mieux comme ça ! Plus je vieillis, moi, et moins je supporte la chaleur.

Sébastien rencontra son regard mais ne put le soutenir, dévasté qu'il était par la lueur qui y brillait. Elle illuminait quelque chose de rare et d'immense, qui se situait entre le chagrin et le courage, le désespoir et la confiance. Et par-dessus tout, elle avouait le désir de se faire pardonner un mensonge, une faiblesse, le regret, sans doute, de n'être pas assez fort pour tenir ferme la barre dans un océan de souffrance.

— T’as rien trouvé d’autre ? fit Cyprienne en s’asseyant à son tour. Si tu continues, il faudra bientôt t’enfermer.

Et tout à coup elle se mit à rire, mais à rire si fort, si sincèrement, comme jamais Sébastien ne l’avait entendue, qu’elle déclencha aussi le rire d’Auguste, et finalement, après qu’il eut relevé la tête, celui de Sébastien, soulagé.

— Oh ! qu’il est bête, cet homme ! répéta Cyprienne. Mais qu’est-ce que j’ai fait au Bon Dieu pour me trouver acoquinée avec un façonnier pareil ?

— Attendez ! C’est pas tout, fit Auguste en se levant.

Il sortit, disparut durant quelques secondes, et réapparut avec, vissée sur la tête, la même casquette que Sébastien.

— Pauvre de moi ! gémit Cyprienne, mon homme est devenu fou. Pose ça tout de suite que tu me fais dépit. C’est une casquette pour les jeunes, ça, pas pour un vieux falourd comme toi.

— Je l’ai achetée, je la porte, fit Auguste en s’asseyant.

Sébastien en restait bouche bée. Il sentait monter en lui une vague qui allait le submerger, cherchait désespérément à lui échapper.

— Comment tu me trouves, toi ? fit Auguste.

Sébastien grimaça un sourire.

— Pas mal, dit-il.

— J'ai bien vu comment les filles me regardaient, fit Auguste à l'intention de Cyprienne.

— Qu'est-ce qu'il me faut entendre à mon âge ! s'écria-t-elle. Qu'est-ce que je vous ai fait, Sainte Vierge, pour trouver un putassier dans ma maison ? T'as pas honte, dis ?

— Non, fit Auguste, j'ai pas honte de porter la même casquette que mon petit-fils.

— Il a dix ans, ton petit-fils.

— Et alors ? J'en avais envie d'une casquette américaine, moi. Et personne ne m'empêchera de la porter. Ni toi, ni personne.

— Bon, fit Cyprienne, mangeons, ça nous fera moins de mal que d'entendre ça.

Sébastien hésitait entre le rire et les larmes. Auguste aussi, sans doute, mais il le cachait bien. Cyprienne haussa les épaules, grommela des qualificatifs de son invention, fut secouée de fous rires brefs, et finit par soupirer :

— Bonté divine ! Vierge Marie ! Ayez pitié de cet homme qui n'est plus le mien.

— En tout cas, armés comme on est maintenant, le soleil ne nous fera pas peur. Pas vrai Sébastien ?

— Le soleil t'a déjà tapé sur la tête : le mal est fait, dit Cyprienne en se levant pour aller chercher le plat de tomates et d'aubergines.

Auguste haussa les épaules mais ne répondit pas. Il souriait d'un air satisfait, et rien n'aurait pu effacer ce sourire.

— En tout cas, fit Cyprienne en posant le plat sur la table, casquette ou pas, le petit ira faire la sieste comme d'habitude. Avec cette chaleur, il faut se tenir à l'ombre.

Il n'était pas question de protester. Ils se mirent à manger en silence, et le regard de Cyprienne courut de l'un à l'autre, tantôt accablé, tantôt indulgent. Chaque fois que Sébastien relevait la tête, il apercevait le visage rond d'Auguste dans lequel le bleu des yeux répondait à celui, plus foncé, de la casquette. La même lueur chaude, désarmante, brillait toujours dans ce regard, et Sébastien se dit qu'il ne lui ferait pas le moindre reproche au sujet de son mensonge. Qui pouvait en vouloir à un homme pareil ? Même pas

Cyprienne qui lança, à la fin du repas, en portant le fromage :

— J'espère au moins que tu t'es caché pour revenir à la voiture.

— Que non pas ! fit Auguste : je suis entré dans tous les magasins.

Sébastien ne sut s'il disait vrai ou pas. Quand il gagna sa chambre, il entendit encore Cyprienne s'indigner, puis les pas d'Auguste résonner dans le couloir : il allait lui aussi se coucher. Il y eut des bruits de vaisselle dans la cuisine, puis le silence s'installa.

Cyprienne, elle, ne faisait pas la sieste. D'ailleurs elle paraissait ne jamais dormir. Elle se couchait la dernière et se levait la première. À cette heure-ci, assise sur sa chaise, elle devait encore employer ses mains à quelques travaux ménagers. Autant Auguste se montrait nonchalant, autant elle ne pouvait demeurer une minute en repos. Et pourtant, songeait Sébastien allongé sur son lit, il existait entre cet homme et cette femme un lien indestructible. Quelque chose d'aussi fort que l'énergie qu'elle déployait. Auguste, lui, ne représentait pas la force, mais la tendresse. Et cet alliage était inaltérable.

Les yeux fixés au plafond, Sébastien revoyait le moment où Auguste était entré dans la cuisine, sa casquette sur la tête, et il se disait qu'il ne l'oublierait jamais. Puis il pensa aux ménages de Cyprienne et tenta de l'imaginer dans une belle et grande maison de Gourdon, aux ordres de la femme au tailleur vert. Cette image lui parut incongrue. Il la refusa, la repoussa de toutes ses forces et finit par s'endormir.

À son réveil, la première chose qui lui vint à l'esprit fut le rire de Cyprienne apercevant Auguste avec sa casquette, et il se sentit bien. Il ne se leva pas, cependant, car il savait qu'il faudrait faire « quatre-heures » et il n'avait pas faim. D'ailleurs, depuis quelques jours, manger était devenu pour lui un supplice. Il ne parvenait pas à avaler les bouchées qu'il gardait longtemps dans la bouche, taraudé qu'il était par une envie de vomir persistante. Le professeur lui avait expliqué que tout cela était normal, mais ces nausées si fréquentes lui faisaient par instants douter d'être sur le chemin de la guérison.

Pour échapper à toutes les questions qui l'obsédaient, il se résigna à se lever et ne put échapper à la tartine de confiture de prunes qu'avait préparée Cyprienne. Muni de ce viatique encombrant, il s'en fut rejoindre Auguste dans la remise et en profita pour se débarrasser de son pain en le jetant aux poules. Ce n'était pas la première fois. Il en avait honte, mais n'avait trouvé aucune autre défense. Il avait bien tenté d'argumenter, mais Cyprienne ne voulait rien entendre. Elle appartenait à cette génération pour qui la nourriture constituait la première récompense du travail. Le bien le plus précieux. Un privilège. Et donc le remède miracle. Même Auguste était de son avis.

— Allons au bord de l'eau, dit son grand-père quand Sébastien l'eut rejoint. On aura moins chaud.

Il régnait dans la remise une odeur épouvantable.

— N'aie pas peur, fit Auguste, c'est de la viande avariée.

— Qu'est-ce que tu veux en faire ?

— Pêcher les écrevisses.

Auguste ajouta aussitôt :

— Pas un mot à Cyprienne, surtout, parce que la pêche est fermée. On partira sans qu'elle nous voie.

— Et ça, qu'est-ce que c'est ? demanda Sébastien en découvrant des mailles de filet cerclées d'une tige de métal.

— Des balances pour les écrevisses. Tu verras. Je t'expliquerai.

Auguste rassembla tout son attirail, ajouta :

— Il faut aussi emporter les lignes à truites.

— Mais pourquoi ? Puisqu'on va pêcher les écrevisses ?

— Parce que c'est fermé, l'écrevisse. Ça n'ouvre qu'un jour dans l'année, au mois d'août. Et ce jour-là, il y a belle lurette qu'il n'y en a plus dans le ruisseau.

— Pourquoi ?

— Parce que tout le monde les pêche avant, pardi.

— Et Cyprienne le sait que tu les pêches quand c'est interdit ?

— Elle le sait mais elle en raffole. Alors elle fait semblant de ne pas savoir. Le tout est de partir sans qu'elle voie les balances.

— Et les gendarmes ?

— Il fait trop chaud. Ils ne sortent que le matin en cette saison. Va voir un peu où se trouve Cyprienne.

Sébastien sortit de la remise, fit le guet pendant qu'Auguste, ayant chargé son sac puant sur une épaule, s'échappait par l'angle du jardin. Portant les lignes autorisées, l'enfant le rejoignit dans le chemin qui était séparé du jardin par une haie couverte de baies rouges. Ils s'enfuirent comme des voleurs, en courant. Plus loin, ils traversèrent la route déserte et s'enfoncèrent dans les prés, à l'ombre des arbres, pour rejoindre le ruisseau dont ils devinaient là-bas, derrière un bouquet de saules, les rives plantées de fins peupliers.

C'était l'heure où, le soleil ayant enfin incliné sa course, la chaleur tombait légèrement. Il n'y avait pas un bruit sur la terre assoupie. L'air sentait la feuille et l'herbe chaudes, les bouses sèches. Rien ne bougeait, pas même les maïs qui manquaient d'eau. Les vaches, réfugiées à l'ombre des chênes, ruminaient des rêves d'étable fraîche. La vallée somnolait dans une étoupe tiède où seul le ruisseau continuait de vivre.

Auguste et Sébastien le traversèrent pour ne pas risquer d'être aperçus de la route. Auguste coupa alors une longue branche qui se terminait en forme de fourche et expliqua à l'enfant qu'elle lui servirait à poser les balances dans l'eau sans faire de bruit. Il fixa un morceau de viande avariée bien au centre de chacune d'elles, fit passer une longue ficelle dans la fourche, la tint de la main gauche et s'approcha de la rive. Là, après avoir écarté quelques branches, il laissa glisser la ficelle dans la fourche, et la balance descendit lentement vers l'eau. Ensuite, il noua la ficelle à une branche, et fit de même avec la deuxième balance. Il ne restait plus qu'à attendre la venue des écrevisses qui allaient être immanquablement attirées par la viande.

Ils s'assirent à l'ombre, sans oublier de poser leur ligne à truites à portée de la main. Auguste avait repoussé sa casquette vers l'arrière, ce qui découvrait son front brillant de sueur.

— Tu n'es pas obligé de la garder, tu sais, fit Sébastien.

— Comment ça ? Une casquette pareille ? Tu crois que j'ai l'habitude d'acheter des choses dont je ne me sers pas ?

— Non, fit Sébastien, bien sûr que non.

— Ah ! bon. D'ailleurs j'ai l'habitude, tu sais ? Avant, pour travailler dans les champs, je mettais un chapeau. Je sais pas où il est passé.

Sébastien le savait, où se trouvait ce chapeau : au-dessus de l'armoire, dans la chambre de ses grands-parents. Il l'avait aperçu en passant, un jour que la porte était restée ouverte. Il n'en dit rien, toutefois, se contentant d'approuver de la tête.

— Juillet, c'était la saison des moissons et des battages, reprit Auguste. Autrefois, la machine arrivait la veille au soir, et tous les fermiers des alentours venaient aider. On travaillait dans la poussière et le bruit. Il faisait une de ces chaleurs !

Il soupira, reprit :

— Ça ne nous empêchait pas de manger et de boire à midi et le soir. Le banquet de fin de battages se prolongeait tard dans la nuit. C'était une autre époque. On vivait mieux qu'aujourd'hui.

— Pourquoi ? fit Sébastien, qui avait du mal à imaginer tant de vie dans le silence du village déserté.

— D'abord sont arrivées les moissonneuses-batteuses, et puis on n'a plus fait de blé. On nous le payait pas assez cher. On a fait du maïs et du tabac. Avec les machines, on n'avait plus besoin les uns des autres. Tout ça s'est perdu.

Il parut tout d'un coup reprendre conscience de la réalité, s'écria :

— Les balances !

Suivi par Sébastien, il s'approcha de la première, passa la fourche sous la ficelle en prenant soin de ne pas la secouer, regarda derrière lui pour vérifier qu'il n'y avait pas d'obstacle, puis d'un geste brusque, il souleva le tout en reculant. La balance jaillit dans la lumière, faisant gicler des gouttes d'eau mais aussi des écrevisses qui se répandirent dans l'herbe, à l'exception de trois d'entre elles qui demeurèrent accrochées aux mailles du filet. Sept en tout. Auguste les fit prestement disparaître dans un sac de jute, qu'il cacha dans un buisson, puis il replaça la balance non pas au même endroit, mais un peu plus loin. Après quoi, il s'approcha de la deuxième balance, et renouvela l'opération : six écrevisses de bonne taille rejoignirent leurs congénères dans le sac, après qu'Auguste en eut rejeté trois petites à l'eau :

— Qu'elles grandissent vite, dit-il à Sébastien étonné. On les retrouvera un jour, si les braconniers ne nous les volent pas.

— Ce n'est pas plutôt toi, le braconnier ? fit Sébastien.

— Oh ! J'en garde si peu. Juste de quoi faire un plat pour Cyprienne.

De nouveau ils s'assirent à l'ombre pour attendre que les écrevisses s'approchent des balances. Il n'y avait aucun bruit sur la campagne accablée de soleil, sinon le bourdonnement des mouches engluées dans l'air épais et le murmure du ruisseau. La chaleur ne diminuait pas, ou à peine. Auguste dévisagea Sébastien, murmura :

— Tu n'as rien à me demander ?

— Non, Auguste, fit Sébastien, rien du tout.

Le grand-père soupira, tourna la tête vers les collines.

— Tu sais bien ce que je veux dire, commença-t-il.

Sébastien ne répondit pas.

— Ces ménages, quoi. C'est ma faute, tout ça. Je n'ai jamais pu mettre un sou de côté. J'étais toujours à courir les chemins. Et puis, quand Nicole est partie travailler en ville, je me suis dit qu'à la retraite on vendrait les terres et qu'on serait tranquilles. Et aujourd'hui, on arrive à peine à les louer, et très mal. D'ailleurs il y en a peu. Tu sais, quinze hectares en comptant les prés, ce n'est pas grand-chose. Le problème c'est qu'à l'époque où la main-d'œuvre s'est fait rare, on a dû compenser en empruntant pour acheter du matériel. Toujours plus de matériel. Et on le paye encore. Ce n'est pas avec nos retraites qu'on peut vivre tranquilles. Tu comprends ?

— Oui, fit Sébastien, je comprends.

— Et Cyprienne fait des ménages.

— Pourquoi ne travaille-t-elle pas chez un maraîcher, comme tu me l'as dit l'autre jour ?

— C'est trop pénible. Elle a des douleurs partout. Déjà, dans le jardin, elle a du mal pour se baisser. Tu l'as vu, sans doute ?

— Oui, fit Sébastien.

— Tout ça, c'est ma faute. Je n'ai pensé qu'à vivre le présent, je ne me suis jamais inquiété de l'avenir.

Auguste soupira, sourit et ajouta :

— Voilà pourquoi je lui fais des petits plaisirs avec les écrevisses. Tu verras comme elle aime ça.

Il se redressa, souleva une nouvelle fois ses balances d'où jaillirent une douzaine d'écrevisses de belle taille, les enfouit dans son sac, revint s'asseoir, reprit :

— J'ai essayé, moi, de m'embaucher chez des maraîchers, mais ils trouvent que je ne travaille pas assez vite. C'est un travail pour les jeunes, ça. Alors on continue petitement : on vend un veau, des oies et des canards à la saison, des légumes au marché, et voilà.

Auguste enleva sa casquette, s'essuya le front, la revissa sur sa tête, reprit :

— Faut pas croire qu'on a été malheureux, tu sais. Au-dessus de nous, il y avait du soleil. Et avec Cyprienne, on en a mangé du bon pain.

Il se tut, demeura pensif un moment, puis ajouta, tout bas :

— Et quand tu seras guéri, il y en aura encore plus, de pain et de soleil, surtout si tu restes encore un peu avec nous.

— Oui, dit Sébastien. Je voudrais bien.

Il y eut un instant de silence, puis Sébastien, qui ne voulait pas parler de sa maladie en un lieu où il parvenait à l'oublier si bien, murmura :

— Qu'est-ce qu'il fait chaud !

Auguste parut réfléchir, proposa :

— Si tu me promets de ne rien dire à Cyprienne, je vais te faire voir où tu peux te baigner. Laisse-moi d'abord m'occuper des balances, et nous irons après.

Il récupéra une douzaine d'écrevisses, dissimula de nouveau le sac dans l'herbe, puis il conduisit Sébastien une centaine de mètres en aval, là où, d'un ancien lavoir, demeurait une sorte de petite digue qui retenait l'eau sur une profondeur de un mètre.

— Vas-y, baigne-toi ! fit Auguste, mais pas trop longtemps. Moi, je surveille les environs.

Sébastien enleva son tee-shirt, délaça ses baskets et, en short, descendit dans l'eau qui lui parut très fraîche. Ce lieu était entièrement clos de frondaisons épaisses, pétri d'une ombre qui semblait aussi froide que l'eau. Sébastien esquissa quelques gestes de brasse, s'immergea entièrement, puis ressortit très vite : la sensation de froid, qu'il avait oubliée depuis quelques jours, revenait violemment en lui. Auguste lui tendit la main pour l'aider à se hisser sur la rive, et il émergea dans le soleil, ruisselant.

— Ça fait du bien, dit-il pour ne pas inquiéter Auguste.

Et il ajouta, à l'instant où Auguste levait un index impérieux, comme à son habitude :

— Surtout, pas un mot à Cyprienne !

— C'est ça. Fous-toi de moi.

Ils se hâtèrent de revenir vers les balances qui révélèrent des prises magnifiques : des écrevisses de plus de quinze centimètres. Après quoi, Auguste s'assit à l'ombre, tandis que Sébastien s'étendait au soleil, un peu plus loin. La chaleur revenait vite dans son corps. C'était une sensation merveilleuse.

— Tu vas cuire, observa Auguste, et Cyprienne va me chanter *Manon*.

C'était la première fois qu'Auguste employait cette expression que Sébastien ne comprit pas.

— Te chanter quoi ?

— Tu sais très bien ce que je veux dire : me sonner les cloches, quoi. Allez… Viens te mettre à l'ombre.

Il ajouta, dès que Sébastien l'eut rejoint :

— Déjà qu'il va falloir faire passer la pilule des écrevisses, c'est pas la peine de charger le baudet.

Ces expressions imagées étaient aussi fréquentes dans sa bouche que dans celle de Cyprienne, et Sébastien ne savait lequel des deux en possédait le plus en réserve. Il s'efforça de les récapituler dans sa mémoire, puis il y renonça. Il faisait trop chaud.

La pêche miraculeuse se prolongea jusqu'à huit heures. Ils ne parlaient plus, ou à peine. De temps en temps ils se levaient pour aller s'occuper des balances, puis revenaient s'asseoir, comme assoupis dans la paix du soir, où l'on entendait seulement les hirondelles en ronde dans le ciel.

— Il faut y aller, dit enfin Auguste en se levant péniblement, comme à regret.

Ils longèrent le ruisseau, puis le traversèrent et aperçurent le village dont le clocher semblait englué dans le bleu du ciel. Le soir tombait, réveillant des odeurs d'étable, de cuisine, de jardin qu'on arrose. Sébastien marchait devant, portant les lignes, Auguste trente mètres derrière, tenant le sac où ils avaient enfoui les balances au-dessus des écrevisses. Le bruit d'un moteur se fit entendre sur la route, puis s'éteignit.

— Va voir, et fais-moi signe si tout va bien. La voiture des gendarmes est bleue, tu la reconnaîtras facilement.

Sébastien sortit du pré, écouta, regarda à droite et à gauche, mais rien ne venait troubler le silence du soir. On aurait dit que la campagne ne parvenait pas à émerger de la chaleur du jour. Le ciel était devenu vert au-dessus des collines. Sébastien fit signe à Auguste d'approcher : la voie était libre.

— Nom de Dieu ! On a oublié les vaches ! s'exclama celui-ci en arrivant à sa hauteur.

— J'y vais, fit Sébastien.

— Donne-moi les lignes, je suis presque arrivé, fit Auguste.

— Mais non, je peux les porter. Ça ne me gêne pas.

Il retraversa la route et s'enfonça dans les prés où l'ombre, enfin, s'étendait le long des haies vives. Une odeur nouvelle montait sous ses pas : celle de l'herbe enfin délivrée du soleil. Les vaches, près de la barrière, attendaient en meuglant. Sébastien les libéra, les poussa devant lui, se mit à courir, pressé d'arriver. Il avait hâte d'entendre Cyprienne, qui devait appeler tous les saints de la terre à son secours.

6

La mère de Sébastien était venue passer ses congés du mois d'août au village. Elle avait manifesté la volonté d'accompagner son fils à Toulouse, comme c'était son devoir. Sébastien en avait été contrarié, car il avait l'habitude d'affronter ces mauvais moments en compagnie de Cyprienne, mais comment refuser ?

— Je tiens à parler au professeur, avait précisé Nicole.

Ils étaient donc partis tous les deux et avaient retrouvé leur intimité de Paris. Elle lui avait paru moins fatiguée, plus capable, maintenant, de faire face. Finalement tout s'était bien passé, d'autant que les contrôles effectués par le professeur avaient fait apparaître de très bons résultats.

— Je crois que nous sommes en train de

gagner la partie, avait-il conclu, le dernier jour, avant qu'ils ne repartent.

— Nous en serons sûrs quand ? avait-elle demandé.

— Dans deux ou trois mois. Nous saurons alors s'il s'agit d'une rémission ou d'une totale guérison. Mais ne vous inquiétez pas. Tout se passe pour le mieux.

Sébastien était reparti complètement rassuré. D'ailleurs, lors de ce séjour-là, il avait mieux supporté le traitement. Aujourd'hui, il ne saignait plus du nez, n'avait plus froid, et, s'il ne mangeait pas trop, ne vomissait plus. Il lui semblait qu'il avait enfin le droit d'oublier le monstre qui le menaçait depuis quelques mois, l'angoisse qui se réveillait même dans les moments les plus heureux. Il pouvait enfin profiter pleinement de l'été, de la présence de sa mère dans la maison qui l'avait vue naître, aux côtés d'Auguste et de Cyprienne.

Pour eux, c'était un peu comme si Nicole n'avait pas grandi. Elle était toujours restée leur petite fille, et cela étonnait beaucoup Sébastien. À table, Cyprienne racontait volontiers les bêtises de sa fille, quand elle était enfant, et ne se privait pas de s'en moquer.

À l'égard d'Auguste, toutes deux affichaient une indulgence affligée, ayant admis une bonne fois pour toutes qu'il était un original. Lui ne faisait rien pour les détromper. Au contraire : il en avait toujours joué pour vivre la vie qu'il aimait, travailler selon son humeur, errer dans les chemins, son panier à la main.

C'est à peine si sa casquette, qu'il ne quittait plus, avait étonné sa fille.

— Mon pauvre papa ! avait-elle dit simplement, tu ne changeras jamais.

Mais il avait semblé à Sébastien qu'elle était touchée comme il l'avait été, lui, le jour où Auguste était apparu ainsi coiffé. Cyprienne, elle, était ravie d'avoir près d'elle tous les siens. Elle ne se rendait plus à Gourdon, ni le mardi ni le vendredi.

— Surtout, pas un mot à Nicole ! avait-elle dit à Sébastien la veille de l'arrivée de sa fille.

Sébastien avait promis du bout des lèvres, mais il comptait bien entretenir sa mère des difficultés d'Auguste et de Cyprienne. Il en trouva l'occasion un matin, au cours d'un petit déjeuner, alors que Cyprienne se trouvait au jardin et Auguste on ne savait où. Sébastien ne prononça pas le mot « ménages », mais expliqua la situation à sa mère qui n'en parut pas surprise :

— Ça a toujours été comme ça, dit-elle. Il ne faut pas t'inquiéter.

— Ils voudraient vendre et ils ne peuvent pas. Tu devrais leur donner de l'argent.

— Ils n'en veulent pas.

— Pourquoi ?

— Parce qu'ils n'ont jamais rien demandé à personne. Ils sont comme ça et on ne les changera pas.

Cyprienne surgit sur ces entrefaites, comme si elle avait soupçonné que l'on parlait d'elle.

— Alors, s'indigna-t-elle, vous croyez que c'est une heure pour se lever ? Dépêchez-vous, je vous attends au jardin.

Elle leur lança un regard suspicieux, repartit aussi soudainement qu'elle était apparue. Ils la rejoignirent dix minutes plus tard, l'aidèrent à ramasser ces haricots verts dont Auguste disait qu'il en mangeait même la nuit dans ses rêves. Sébastien détestait ce travail. On avait l'impression de ne jamais en venir à bout. Chaque fois que l'on relevait les feuilles, persuadé de ne rien trouver, on redécouvrait encore des grappes.

Les gousses vertes semblaient surgir de partout pour rendre interminable cette tâche si pénible.

À dix heures, enfin, à peine libéré par Cyprienne, Sébastien s'enfuit pour retrouver Auguste qui avait depuis quelque temps délaissé les herbes pour sa vigne. Il traversa le village qui tardait à s'éveiller, prit le chemin des collines qui sentait si bon la mousse des chênes et les pierres chaudes. Il suivit le sentier sur une trentaine de mètres et déboucha rapidement dans la vigne qui fumait légèrement sous le soleil.

Auguste était assis sur le petit banc de pierre accolé au cabanon dans lequel il rangeait ses outils. La vieille cuve de sulfatage gisait sur le sol, à ses pieds. Auguste avait repoussé sa casquette vers l'arrière, semblait rêver. Il réagit à peine quand Sébastien apparut, constata simplement :

— Te voilà, toi. Je te croyais avec les femmes.

— Les haricots verts, c'est fini pour aujourd'hui, fit Sébastien.

— Ah ! ne me parle pas de ces haricots verts ! s'exclama-t-il. Quelle indigestion !

Sébastien s'assit près de lui sur le banc.

— Moi aussi j'ai fini, dit Auguste. Il était temps, parce qu'il commence à faire chaud.

Droit devant eux, on apercevait la vallée qui s'étendait sur plusieurs kilomètres avant d'autres collines, très loin, là-bas, assoupies dans une buée bleue. Les peupliers du ruisseau formaient comme une colonne vertébrale au milieu, d'où essaimaient les carrés verts des prés et ceux, plus clairs, des champs de maïs. Il n'y avait pas un bruit, sinon, de temps en temps, l'aboiement d'un chien qui résonnait bizarrement dans le matin de cristal. De grands oiseaux aux ailes de faux tournaient au-dessus de ce monde pétrifié, comme pour l'admirer, inlassablement.

— Fais-moi penser à cueillir des pêches avant de redescendre, dit Auguste. Tu monteras sur l'arbre maintenant que tu es guéri.

— Pas tout à fait encore, fit Sébastien.

— Mais si. Moi, je sais bien que tu es guéri.

— Et comment peux-tu en être si sûr ?

— Je le sais.

— Alors, je n'aurai pas besoin de tes roses d'hiver ? Comment tu les appelles exactement ?

— Des hellébores.

— Oui, des hellébores. Je n'en aurai pas besoin ?

— Non, je ne crois pas.

— Comment peux-tu deviner des choses comme ça ?

— Je le tiens de ma mère. Elle enlevait le feu sur les brûlures, mais aussi le mal, parfois.

— Le mal de quoi ?

— Des inflammations, des boutons, des douleurs aussi.

— Avec des herbes ?

— Non, avec les mains.

— Et toi aussi tu peux faire ça ?

— Plus aujourd'hui.

Il y eut un silence durant lequel Sébastien soupira :

— C'est dommage.

— Oui, c'est dommage.

Sébastien eut l'impression qu'Auguste ne lui disait pas la vérité. Il en conçut un peu d'amertume, se sentit mal.

— Tu ne veux pas essayer quand même avec moi ? fit-il pour briser cette distance qui s'installait.

— Je ne peux pas. D'ailleurs ça ne marche jamais avec les membres de la famille.

— Pourtant ma mère m'a dit que tu l'avais soignée, elle, d'une maladie quand elle était petite.

— Oui, c'est vrai.

— Alors, pourquoi elle et pas moi ?

— Ce n'est plus la peine.

— Et si je ne guérissais pas ?

Auguste s'était redressé. Il semblait mal à l'aise et regrettait de s'être laissé entraîner dans une telle conversation.

— Ne me mens plus, Auguste, fit Sébastien. Ne me mens plus jamais, ou alors...

Auguste soupira, s'essuya le front, tourna vers son petit-fils des yeux de source claire, murmura :

— Ta mère n'est pas ma fille.

Sébastien en resta muet de stupeur.

— On n'a jamais pu avoir d'enfant avec Cyprienne. Quand on a compris qu'on n'en aurait jamais, on a adopté Nicole. Oh ! ça n'a pas été facile, parce que ça ne se pratiquait pas beaucoup, à l'époque, mais nous, ça nous a sauvés. Et elle aussi, sans doute.

Auguste soupira une nouvelle fois, reprit, un ton plus bas :

— On n'a jamais été si heureux qu'à ce moment-là, quand elle est arrivée. Ç'a été comme si le soleil entrait dans la maison. Il n'y avait plus de nuit, plus d'hiver. Du soleil, rien que du soleil.

— Et elle, elle le sait ?

— Bien sûr qu'elle le sait.

— Et pourquoi ne me l'a-t-elle jamais dit ?

— C'est à elle qu'il faut le demander.

Sébastien avait encore du mal à croire à ce qu'il venait d'entendre. En même temps, il comprenait qu'Auguste avait décidé de ne plus jamais lui mentir, et une confiance nouvelle, plus forte, montait en lui.

— C'est vous qui le lui avez dit, à ma mère ?

— Non, mais on aurait mieux fait. Elle l'a appris dans la cour de l'école. Tu sais, les enfants, ils racontent tout ce qu'ils entendent.

— Qu'est-ce qui s'est passé ?

— Elle s'est disputée avec une petite qui lui a tout dit. Alors elle s'est enfuie. On l'a cherchée un jour et une nuit. On a eu peur, très peur. Enfin on l'a retrouvée à douze kilomètres d'ici, près de la rivière. Ç'a été très difficile de la ramener vers nous, de lui expliquer, de lui faire admettre. C'est Cyprienne qui y est parvenue.

Auguste posa sa main sur celle de son petit-fils, soupira :

— Tu sais, Cyprienne, elle sait s'y prendre.

— Oui, je sais, murmura Sébastien.

Auguste avait maintenant un air un peu hagard, comme s'il mesurait la gravité de ce qu'il avait révélé. Sébastien comprit à quel point il avait dû faire un effort sur lui-même pour dévoiler un tel secret et, ainsi, regagner sa confiance.

— Merci, Auguste, dit-il.

Puis il demanda, d'une voix blessée :

— Mais pourquoi ne me l'a-t-elle jamais dit ?

— Elle a sûrement pensé que rien ne pressait. Tu n'as que dix ans.

— Et Cyprienne ? fit Sébastien qui venait de penser à leurs longues heures d'intimité à Toulouse.

— Oh ! Cyprienne, tu sais, elle en a souffert de tout ça, et elle n'en parle guère.

Ils se turent. Loin, devant eux, la vallée était passée de l'argent à l'or. Des ronronnements de tracteurs montaient doucement à l'assaut de la colline, puis s'éteignaient par instants, comme étouffés par la lumière. Il faisait très chaud, à présent, même à l'ombre, et le ciel semblait si vaste que son éclat pénétrait les moindres recoins de la terre et des bois.

— Il faut redescendre, dit Auguste. Viens vite, on va cueillir quelques pêches.

Il fit la courte échelle à Sébastien pour l'aider à monter sur l'arbre et il ne leur fallut pas longtemps pour remplir le petit panier d'osier que tenait Auguste.

— Tiens, mange ! dit-il à Sébastien quand celui-ci fut redescendu.

L'enfant mordit dans la pêche dont le jus tiède et sucré coula délicieusement dans sa bouche. Il trouva qu'il avait le goût de la confiance retrouvée, peut-être même davantage : c'était plutôt celui du bonheur.

Sa mère repartit sans que Sébastien trouve la force de lui parler du secret. Cyprienne, comme à son habitude, avait deviné qu'il s'était passé quelque chose entre son mari et son petit-fils. Dès qu'elle se retrouva seule avec Sébastien, elle ne manqua pas de le questionner :

— Qu'est-ce qu'il t'a raconté, Auguste, encore ?

— Rien.

— Il aurait plus manqué que ça, maintenant que tu es guéri ! fit-elle en croyant qu'il lui avait parlé de ses herbes.

Ils se tenaient dans la cuisine pour le déjeuner du matin. Elle rentrait du jardin, son panier plein de légumes destinés au repas de midi. Il sentait bien qu'elle ne le croyait pas, devinait que c'était le début d'un interrogatoire. Heureusement, Auguste apparut et annonça, avec une ombre d'inquiétude dans la voix :

— La Rouge vient de perdre les eaux, mais je crois que le veau se présente mal. Je vais téléphoner au vétérinaire. En attendant, tu devrais aller voir.

Cyprienne, préoccupée, sortit aussitôt. Sébastien en profita pour expédier son petit déjeuner et la rejoignit. Il aimait l'odeur de foin et de litière qui régnait dans l'étable sombre. C'était une odeur apaisante, chaude, familière, qui, chaque fois, lui donnait la sensation d'entrer dans un refuge à l'écart des tempêtes. Il aimait aussi entendre le raclement des chaînes contre les mangeoires, le souffle épais des bêtes, le martèlement des sabots sur la paille tassée, chaque fois que les pattes se levaient pour chasser les mouches, le va-et-vient des queues le long des flancs frémissants.

La Rouge était couchée mais tournait vers Cyprienne sa tête aux grands yeux pleins d'interrogations. Elle meuglait de temps en temps, pour exprimer une douleur qui ne pouvait se traduire autrement et qui avouait une détresse émouvante. Sébastien s'approcha, vit avec stupéfaction Cyprienne plonger sa main dans la matrice de la bête et demanda :

— Tu ne lui fais pas mal ?

— Ah ! Tu es bien de la ville, toi, répondit-elle. Tiens, aide-moi plutôt à la faire lever.

Et elle ajouta, comme il venait se placer près d'elle :

— Non, passe devant. On ne sait jamais. Elle souffre et elle peut donner des coups de pied.

Il se poussa alors contre la mangeoire, tira sur la chaîne comme le lui avait demandé Cyprienne qui, elle, tordait la queue de la Rouge en criant, pour l'inciter à se lever. Il fallut au moins cinq minutes avant qu'elle accepte de se redresser, meuglant comme si elle appelait à l'aide. Sébastien n'en menait pas large. En constatant combien Cyprienne s'énervait, il pressentait un drame.

Auguste surgit alors, désespéré :

— C'est les congés d'août. Le vétérinaire de Payrac n'est pas là. C'est celui de Gourdon qui est de garde, mais il est parti en tournée. La secrétaire m'a dit que je le trouverais du côté de Groléjac.

— Eh bien ! Vas-y vite ! fit Cyprienne. Le veau se présente par l'arrière. Sans césarienne, on n'y arrivera pas.

Auguste partit et Sébastien se retrouva seul avec Cyprienne qui tentait de rassurer la pauvre bête en lui parlant :

— T'en fais pas, ma bellc, je suis là. Je ne vais pas te laisser souffrir, moi, tu vas voir.

De nouveau, elle introduisit jusqu'au coude son bras dans la vache, cherchant à tirer quelque chose vers l'arrière. Et comme Sébastien paraissait affolé, elle expliqua :

— Normalement, ce sont les sabots des pattes de devant qui apparaissent en premier. Ensuite, il suffit de tirer et la tête suit. Là, il se présente par l'arrière. Si le vétérinaire n'arrive pas à temps, le veau ne pourra pas sortir et elle en crèvera.

Sébastien était sur le point de s'enfuir quand le regard de Cyprienne l'arrêta.

— Reste ici ! J'ai besoin de toi.

Chaque fois qu'elle le retirait, son bras était couvert d'une matière visqueuse, verdâtre, qui horrifiait Sébastien. Après plusieurs tentatives, et avec beaucoup de précautions, elle parvint cependant à extraire un sabot, puis le deuxième, des pattes de derrière. Elle noua alors une corde aux sabots, plaça deux bottes de paille entre elle et la Rouge, et dit à Sébastien :

— Aide-moi !

Il saisit la corde et, ses mains touchant celles de Cyprienne, il se mit à tirer comme elle, d'abord doucement, puis, quand il eut compris qu'il fallait y aller franchement, de toutes ses forces. Le corps glissa lentement vers eux : d'abord l'arrière, puis l'échine, et s'arrêta au moment du passage de la tête.

— N'aie pas peur ! Tire ! cria Cyprienne.

Il s'arc-bouta et, joignant ses forces à celles de sa grand-mère, il vit enfin apparaître la tête du petit, puis les pattes de devant. Le veau tomba alors d'un coup sur les bottes de paille, tout étonné, tout visqueux, mais bien vivant. Il se redressa aussitôt, s'approcha du museau de sa mère qui se mit à le lécher.

Sébastien n'en revenait pas. C'était donc ça, la naissance ! Une grande émotion montait en lui, qu'il avait envie de partager avec Cyprienne. Celle-ci, assise dans la paille, reprenait son souffle. Il s'assit à ses côtés, heureux de partager avec elle cet instant privilégié. Elle aussi semblait émue.

— Si on avait attendu..., soupira-t-elle.

— Elle serait morte ?

— Sans doute. Surtout qu'ils n'arrivent pas.

— Et maintenant, elle est sauvée ?

— J'espère. Mais il y a un risque d'hémorragie, à cause des sabots. Tu comprends, quand j'ai déplié les pattes vers l'arrière ils l'ont peut-être blessée. Le vétérinaire vérifiera.

Et Cyprienne fit une chose qui ne lui était jamais arrivée : elle passa son bras gauche sur les épaules de Sébastien, demeura silencieuse un long moment. Lui, il repensait à cette violence de la naissance, à cette chose couverte d'humeurs, de mucus, qui avait jailli, et il se demandait s'il en était de même pour les enfants. Il pensa à sa propre naissance, à celle de sa mère, faillit demander à Cyprienne si elle avait souffert autant, puis il songea qu'elle n'avait jamais donné le jour à un enfant. Il se dit que c'était peut-être à cela qu'elle pensait, là, près de lui, et il se sentit porté vers elle par un élan qu'il n'osa pas manifester. D'ailleurs elle ne lui en laissa pas le temps.

— Bon ! C'est pas tout ça, fit-elle en se levant brusquement. Prends de la paille et fais comme moi !

Ils passèrent de part et d'autre de la vache, afin d'essuyer le veau qui cherchait déjà les tétines. Sa mère avait commencé le travail avec sa langue, mais il restait du mucus sur les pattes et le poitrail.

— Elle veut se coucher, dit Cyprienne, elle est fatiguée.

Elle tira le veau jusqu'à elle, et la Rouge s'allongea lourdement.

— Regarde-le, fit Cyprienne, il fait déjà le fier.

Sébastien ne s'en remettait pas : une heure avant il n'y avait rien, et maintenant l'étable comptait un être vivant de plus. Il avait envie de crier, de chanter, mais n'osait pas. Cyprienne, au contraire, paraissait réfugiée en elle-même, comme obsédée par une idée dont elle ne pouvait se débarrasser. Sébastien aurait bien voulu lui poser des questions, mais il n'osait pas et respectait son silence.

Une voiture se fit entendre dans la cour et brisa le charme. Bientôt Auguste apparut et lança :

— Il arrive.

— Il est bien temps, fit Cyprienne en haussant les épaules.

— Oui, je vois. Tu as pu le retourner ?

— Bien obligée.

Sébastien se demanda pourquoi elle feignait la colère, en fut malheureux pour Auguste qui s'était approché de la Rouge et disait, en lui tapotant le flanc :

— Oui, tu es belle, tu es belle…

— Regarde-le, fit Cyprienne, il sait mieux parler aux bêtes qu'à sa femme.

Et, face à Auguste qui s'était retourné, elle éclata d'un rire sincère qui parut la délivrer des pensées qui l'avaient visitée. Auguste haussa les épaules, répondit :

— C'est parce qu'il y a des bêtes qui me parlent mieux que ma femme.

— Oh ! Sainte-Vierge ! s'écria Cyprienne, qu'est-ce qu'il faut pas entendre ! T'as pas fini de te plaindre ? Un de ces jours tu vas avaler ta langue.

Auguste allait répondre quand la voiture du vétérinaire pénétra dans la cour. Auguste se précipita, revint avec un homme barbu, la cinquantaine, qui portait de grosses lunettes et salua à peine Cyprienne et Sébastien.

— Comment avez-vous fait ? demanda-t-il abruptement.

— J'ai retourné les pattes ! répondit Cyprienne.

Elle ajouta, comme le vétérinaire enfilait un gant sur sa main droite :

— Il a bien fallu, puisque vous n'arriviez pas.

L'homme ne répondit pas. Il enfonça sa main jusqu'au coude dans la Rouge qui meugla, s'attarda un instant, puis la ressortit et l'examina, comme s'il cherchait des séquelles de ce qui s'était passé. Paraissant satisfait de son examen, il déclara :

— Elle peut faire hémorragie pendant vingt-quatre heures.

— Je sais, fit Cyprienne, agacée.

Elle ajouta, défiant le vétérinaire du regard :

— Je n'aime pas voir souffrir les bêtes.

L'homme haussa les épaules, soupira :

— Je vais lui faire une piqûre. Il faudra la surveiller et m'appeler si ça ne va pas.

— En espérant que vous arriverez plus vite, fit Cyprienne, marquant le point vainqueur.

Le vétérinaire jeta un regard d'interrogation vers Auguste qui eut un geste d'impuissance, puis il sortit une seringue et fit une piqûre à la Rouge qui ne parut même pas s'en apercevoir.

— Le veau est beau, fit l'homme en se redressant.

— Il est vivant, surtout, fit Cyprienne.

Le vétérinaire jeta un nouveau regard vers Auguste et hocha la tête d'un air accablé.

— Venez, je vais vous payer, dit Auguste, soucieux d'éviter un affrontement qui pouvait dégénérer.

— C'est ça, lança Cyprienne, va payer le monsieur.

Et elle demeura dans l'étable jusqu'à ce que la voiture du vétérinaire eût démarré. Face à Sébastien, elle souriait maintenant, savourant son triomphe.

— Non mais ! fit-elle, en guise de conclusion, parce qu'ils sont allés dans les écoles ils se croient tout permis.

Et, statuant définitivement à l'instant de regagner sa demeure :

— Des grimaciers !

Voilà. Tout était dit. C'était fini. Mais grâce à elle, Sébastien avait découvert l'un des mystères de la vie, et il se sentait plus grand, en cette fin de matinée, plus fort aussi, comme si la Rouge, aidée par Cyprienne, lui avait transfusé un peu de son énergie.

Le soir du même jour, vers cinq heures, Cyprienne l'envoya chercher du pain à l'épicerie-mercerie-dépôt de pain qui se trouvait sur la place du village. Il ne s'y rendait pas seul, d'ordinaire, car il la traversait en compagnie d'Auguste pour monter à la vigne. Il n'aimait pas ce silence et cette absence de vie qui régnaient sur la place et dans la rue principale, surtout l'après-midi, quand les vieux joueurs de boules n'avaient pas encore pris possession de leur terrain, sous les platanes. Ce qui le frappait le plus, c'était l'absence d'enfants. Il n'y avait que des adultes, à Millac, âgés pour la plupart, comme si la vie, ici, renonçait doucement.

Quelques mains anonymes écartaient les rideaux à son passage, des chiens flânaient, sans aucune agressivité, seules une ou deux voitures stationnaient devant la mairie, tandis que la porte de l'église demeurait obstinément close, comme si Dieu aussi s'en était allé. Et pourtant cette paix silencieuse d'un après-midi d'été avait quelque chose d'éternel. Mais c'était la mort qu'elle évoquait, non plus la vie, comme à l'époque où le maréchal-ferrant, le tonnelier et le charron apostrophaient les paysans venus faire leurs courses dans les commerces installés autour de la place. Sébastien ignorait cela, mais, en se souvenant des histoires d'Auguste, il devinait que quelque chose de précieux, ici, avait disparu : sans doute une manière de vivre et d'être heureux.

Il entra dans la boutique du dépôt de pain tenue par une femme sans âge au chignon défait, qui portait un tablier blanc sur une robe à fleurs et paraissait désabusée. Son mari s'occupait de l'épicerie qui communiquait avec le dépôt de pain par un passage dont on avait enlevé la porte. Pendant qu'il payait son pain, Sébastien entendit quelques mots qui lui firent penser qu'il y avait un client dans la pièce d'à côté.

— Merci, dit-il à la femme au chignon en rangeant sa monnaie, mais celle-ci ne lui répondit pas.

Il sortit et rencontra avec surprise un garçon de son âge qui calait la pédale de sa bicyclette sur le trottoir.

— Salut ! lui dit le garçon sans façon. Tu es d'où, toi ?

— Je suis chez mes grands-parents, Auguste et Cyprienne.

— En vacances ?

— Oui, en vacances.

— T'as pas l'accent d'ici, fit le garçon, qui parut désolé de cette constatation.

Il était très brun, maigre, la peau mate, avec des yeux vifs et pleins d'intelligence.

— Je suis de Paris.

— Putain, t'as du bol !

Et, se dirigeant vers la boutique :

— Attends-moi, tu vas m'aider.

Sébastien, séduit par cette spontanéité, patienta près de la bicyclette qui était peinte en rose.

— C'est celle de ma frangine, dit le garçon en revenant, une minute plus tard, les bras chargés de quatre énormes tourtes de pain.

Sébastien l'aida à les installer sur le porte-bagages et à les fixer à l'aide de lanières usagées, mais elles menaçaient de tomber.

— Putain ! Je savais bien que c'était pas possible ! s'exclama le garçon, impatienté.

Et, à l'adresse de Sébastien :

— Je l'ai dit à ma mère, mais elle n'avait pas le temps, alors je suis venu quand même. J'irai à pied, tant pis. Tu viens ? Tu me suis ?

— Où vas-tu ?

— À deux kilomètres, sur la route de Groléjac. J'habite la ferme du Verdier.

Ils traversèrent la place, le garçon tenant sa bicyclette par le guidon, Sébastien une main appuyée sur les tourtes brunes, puis, après l'église, ils tournèrent à gauche pour prendre la route qui descendait vers le lavoir, à proximité de ce que Auguste appelait le petit pré. C'était là que pour la première fois Sébastien était allé chercher les vaches avec son grand-père, le jour de son arrivée.

— Je m'appelle Pierre, fit le garçon en se retournant.

— Moi, Sébastien.

— Elle est super, ta casquette, fit Pierre, où tu l'as trouvée ?

— À Gourdon.

— Tu restes longtemps, ici ?

— Je sais pas.

— Tu t'emmerdes pas trop ?

— Non. Auguste m'emmène à la pêche.

— Ouais, il est génial Auguste.

— Tu le connais ?

— Tout le monde le connaît, Auguste. D'ailleurs il loue des terres à mon père. Je m'appelle Chassagne. Tu lui demanderas.

— Oui, fit Sébastien, qui ajouta aussitôt : Et toi, qu'est-ce que tu fais pendant les vacances ?

— Putain, moi je bosse. Avec mon père, tu sais, ça rigole pas.

— Tous les jours ?

— Oui, tous les jours.

— Tu vas à l'école, quand même ?

— Heureusement. L'école, pour moi, c'est les vacances.

— T'as pas de copains, ici ?

— Ils sont comme moi. Ils habitent pas le village, mais les fermes des environs. On se voit pas souvent. Sauf à l'école.

L'idée qu'il y ait encore des enfants aux alentours de Millac séduisit Sébastien. Allons ! Il s'était fait une fausse idée de la situation. Si les commerces et les artisans avaient fermé pour la plupart, il subsistait une vie, cachée certes, mais une vie quand même, dans les fermes avoisinantes.

— Tu vas où à l'école ? demanda-t-il.

— À Millac. Avant j'allais à Groléjac, et puis à Payrac aussi. C'est à cause du regroupement communal. Ils ont mis des classes un peu partout. À Millac, c'est le CM1 et le CM2.

— Et après, tu iras où ?

— À Gourdon, au collège.

Ils étaient arrivés au lavoir où ils firent une halte à l'ombre. Des libellules voletaient çà et là, au-dessus des araignées d'eau qui égratignaient la surface de leurs pattes nerveuses. Le mur du lavoir était à moitié démoli mais, le toit étant resté debout, on avait l'impression d'entrer dans un refuge sûr à l'abri de la brûlure du soleil.

— Je vais pas t'obliger à aller plus loin, fit Pierre. Je me démerderai, va.

— Non, non, fit Sébastien, ça ne me dérange pas, au contraire.

Ils écoutèrent un moment le murmure du ruisseau, et Sébastien pensa aux écrevisses. Il était sur le point de demander à Pierre s'il les pêchait lui aussi, quand celui-ci s'exclama :

— Elle est géniale, ta casquette, tu me la passes ?

Sébastien hésita à peine. Il se sentait en confiance avec ce garçon de son âge, d'un naturel si étonnant. Il enleva sa casquette, la tendit à Pierre qui demanda :

— Putain ! Qu'est-ce que t'as fait à tes cheveux ?

— J'ai été malade et ils sont tombés, fit Sébastien sans baisser les yeux mais en jaugeant, au contraire, la réaction de Pierre.

— C'était pas grave ?

— Si, c'était grave.

Pour la première fois il se trouvait confronté à l'aveu de sa maladie à un garçon de son âge.

— Mais je suis guéri, ajouta-t-il aussitôt, un peu trop vite, lui sembla-t-il.

— Tu m'as fait peur, fit Pierre en vissant la casquette sur sa tête.

— C'était la leucémie, ajouta Sébastien sans bien savoir pourquoi il se confiait ainsi.

— Oh ! Con ! La leucémie ! fit Pierre, mais il garda la casquette sur sa tête, et le regard qu'il lança à Sébastien était chargé d'une sorte de solidarité réconfortante.

— Ça se soigne, tu sais, ajouta Sébastien, soucieux de tempérer l'importance de son aveu.

— Heureusement.

Pierre se pencha sur l'eau pour apercevoir son reflet, parut satisfait, se redressa et dit :

— Je me la payerai à Noël.

Et il rendit la casquette à Sébastien en disant :

— Ce qui est con, c'est que tu sois guéri et que tes cheveux repoussent, alors tu n'auras plus envie de la porter.

— Si. Je m'y suis habitué.

— Ah ! Bon, fit Pierre qui parut soulagé.

Il fixa Sébastien, hocha la tête et dit :

— T'as dû déguster.

— Un peu. C'est fini, maintenant.

— On t'a soigné à Paris ?

— Non, à Toulouse. C'est Cyprienne qui m'emmenait.

— Putain ! Cyprienne, c'est quelqu'un !

— Tu la connais ?

— Oh ! Oui, même mon père il la connaît. Et il ne fait pas le fier avec elle.

Il soupira, songea un instant, ajouta :

— Auguste non plus d'ailleurs. Quel braconnier celui-là !

Sébastien fut inquiet un instant de la réputation d'Auguste qui croyait garder secrètes ses activités coupables.

— Si tu veux, je t'emmènerai un matin, de bonne heure, relever les nasses.

Et, comme Sébastien l'interrogeait du regard, Pierre haussa les épaules et avoua :

— Tout le monde braconne, ici.

Puis il consulta sa montre et s'écria :

— Putain ! Je vais me faire engueuler !

Il releva sa bicyclette et, dans le mouvement, les tourtes de pain tombèrent. Pierre lança tous les jurons qu'il connaissait, lesquels impressionnèrent vivement Sébastien. Il n'en avait jamais entendu de pareils. Il l'aida à fixer de nouveau les tourtes sur le porte-bagages et proposa à Pierre de l'accompagner jusqu'à la ferme.

— T'es un pote, fit Pierre.

Ils repartirent sur la route qui, en montant, longeait un bois de châtaigniers. La chaleur tombait légèrement, à cette heure, et l'ombre grandissait dans l'odeur des feuilles sèches, exaspérée par la chaleur. Au-delà de la petite côte, la route basculait aussitôt vers une étendue verte carrelée de maïs et de pâtures. Au loin, à plus d'un kilomètre, le toit rouge d'une ferme et de quelques bâtiments émergeait de la verdure.

— C'est là-bas, fit Pierre. Mais tu peux me laisser ici, j'y arriverai, va.

— Non, fit Sébastien, je te suis jusque là-bas.

Il lui semblait très important d'aider Pierre et ainsi, sans doute, de nouer avec un copain de son âge un lien que la maladie avait rompu. C'était pour lui comme la preuve supplémentaire qu'il avait retrouvé le chemin familier de sa vie, celle d'avant, exempte d'angoisses et de dangers.

Ils marchaient en plein soleil, maintenant, Sébastien une main posée sur les tourtes, Pierre devant, guidant la bicyclette, et se retournant souvent pour questionner Sébastien sur Paris. Pierre fut flatté et un peu étonné d'apprendre que Sébastien préférait Millac à la grande ville.

— Tu pouvais aller au ciné, là-bas, observa Pierre.

— Oui, de temps en temps. Mais tu sais, Paris, si tu n'habites pas les beaux quartiers…

— Tu habitais où ?

— À Choisy.

— Et tu préfères vivre ici ?

— Oui.

— C'est drôle comme idée.

— Pourquoi ?

— Parce qu'en ville il y a plein de trucs à faire.

— Ici aussi.

— Oui, c'est vrai, conclut Pierre, mais pour ça il faudrait pas avoir à travailler.

— Je t'aiderai si tu veux.

— Non, je me démerde, va.

Il sembla à Sébastien qu'il y avait là une frontière à ne pas franchir. Il ne comprit pas bien pourquoi, mais il l'accepta. De même qu'il accepta le fait que Pierre s'arrête à l'entrée du chemin de terre qui menait à la ferme, en disant brusquement :

— Salut, et merci ! Je te ferai signe pour les nasses.

— Entendu, fit Sébastien.

Et il regarda s'éloigner son camarade avec regret. Celui-ci disparut bientôt dans une cour où un chien noir vint l'accueillir en aboyant de toutes ses forces. Sébastien s'en retourna vers la route et repartit dans la direction du village. Il se rendit compte qu'il devait être tard, songea que Cyprienne devait s'inquiéter. Il se mit à courir, mais ce n'était pas facile car il portait son pain. Il faisait beaucoup moins chaud, maintenant : l'éclat du jour semblait s'être envolé par une brèche dans le ciel. Les hirondelles se poursuivaient, au ras des arbres, puis remontaient, comme prises de folie, vers ce bleu de faïence qui les renvoyait vers la terre comme une voûte infranchissable, au contact de laquelle elles paraissaient se brûler.

Sébastien s'arrêta deux minutes au lavoir pour reprendre son souffle et se rafraîchir, puis il repartit en marchant. Quand il arriva, Auguste était déjà à table, tandis que Cyprienne s'affairait près de la cuisinière. Elle se retourna brusquement et lança :

— D'où sors-tu ? Tu as perdu la tête pour nous faire une frayeur pareille ?

Et elle ajouta, tandis qu'il posait son pain sur la table :

— Auguste t'a cherché partout. Où étais-tu passé ?

— J'ai raccompagné Pierre, répondit-il.

— Quel Pierre ?

— Chassagne.

— Ah ! fit Auguste, le petit de Paul. Il est vaillant, tu sais ?

— Oui, je sais, fit Sébastien.

— C'est pas la question ! tonna Cyprienne, qui ne voulait pas en rester là. On s'est inquiétés.

— Pourquoi ?

— Pourquoi ? Pourquoi ? Parce que tu aurais pu avoir un malaise quelque part, sans qu'on sache où tu es. Comment aurais-tu fait pour revenir ?

— Mais je suis guéri !

— Oui, bien sûr ! fit Cyprienne qui tentait de refréner sa peur et sa colère, mais la prochaine fois tu nous diras où tu vas, comme ça nous serons plus tranquilles.

— D'accord, concéda Sébastien, je vous le dirai.

Auguste, qui voulait faire oublier l'incident, se mit à parler de Paul Chassagne et de sa famille : ce n'était pas facile pour eux. Sur une propriété trop petite, endettés, ils avaient du mal à joindre les deux bouts. Il sembla à Sébastien comprendre pourquoi Pierre s'était arrêté à l'entrée de la ferme.

— Il m'a proposé d'aller relever les nasses avec lui un matin, reprit-il, s'adressant à Auguste.

— Il ne manquait plus que ça ! s'exclama Cyprienne, mais sa voix ne trahissait plus aucune colère.

Sébastien, bientôt, n'écouta plus ses grands-parents qui parlaient des Chassagne et de leurs difficultés. Il revoyait Pierre, ses cheveux bruns, ses yeux noirs, se souvenait de sa malice, de sa spontanéité, de la diversité de ses jurons, et il entendait la voix chaleureuse qui disait : « Tu viens ? Tu me suis ? »

Il se demandait s'il aurait à attendre longtemps le signe que Pierre devait lui envoyer pour une nouvelle rencontre qu'il attendait déjà impatiemment.

— Où es-tu ? fit Cyprienne brusquement, s'étant aperçue que Sébastien ne les écoutait plus.

— Là, je suis là, fit-il en sursautant.

— On le dirait pas, s'indigna Cyprienne.

Elle n'avait pas tort. En fait, Sébastien courait en compagnie de Pierre vers un ruisseau dont les eaux vives alimentaient déjà le cours d'une amitié qu'il devinait inaltérable.

7

En accord avec le professeur de Toulouse, mais aussi avec sa mère, Sébastien avait repris l'école en CM2 au village. Il y avait retrouvé Pierre et très peu d'enfants : une quinzaine, neuf filles et six garçons qu'un jeune maître à lunettes, barbu, en chemise et sans cravate, instruisait d'autant plus facilement dans une atmosphère qui n'avait rien à voir avec celle de Paris. La discipline n'était pas vraiment stricte, ni pendant les récréations ni pendant les heures de classe. Chaque élève pouvait donner son avis sur les sujets abordés, avec une liberté qui avait beaucoup étonné Sébastien les premiers jours.

Un seul des deux bâtiments attenants de l'école était aujourd'hui occupé, faute d'enfants. La classe elle-même, à moitié pleine, avait été conçue pour accueillir une trentaine d'élèves. La cour était commune aux filles et aux garçons, alors qu'à l'origine deux espaces comprenant chacun un préau avaient été aménagés pour assurer une ségrégation aujourd'hui caduque.

Pendant les récréations, précisément, la complicité qui liait Sébastien à Pierre ne les isolait pas des autres garçons, lesquels avaient les mêmes préoccupations qu'eux : les travaux des champs, la pêche, les matchs de football à la télévision, une soif de liberté que contrariaient des parents dans les difficultés. Sébastien ne leur avait pas caché qu'il avait été gravement malade. Il y avait été obligé car le maître avait accepté qu'il garde sa casquette en classe. Ils en avaient pris acte et n'en parlaient plus. Ils manifestaient en revanche une véritable curiosité pour la grande ville, Paris en particulier, qui étonnait toujours Sébastien. Il expliquait sa vie d'avant du bout des lèvres, comme si cette évocation risquait de redéclencher la maladie à laquelle, dans son esprit, elle demeurait liée. Devant ses réticences, ses camarades n'insistaient pas. Ils entamaient un match de football avec des petits buts d'un mètre pour ne pas mettre en péril les vitres de la classe.

Les filles, elles, se réfugiaient sous le préau qui avait été démoli à moitié, pour permettre à l'ancien instituteur de garer un camping-car. Elles commentaient les exploits des garçons avec des regards en coin qui ne manquaient pas de susciter des commentaires et des jalousies. Mais ils ne résistaient pas à une certaine solidarité masculine, à laquelle Pierre, qui paraissait nourrir beaucoup d'inimitié vis-à-vis de sa sœur aînée, n'était pas étranger. Sébastien, lui, était plus sensible aux regards des filles qui voyaient en lui aussi bien un garçon qui avait été malade qu'un possible copain détenteur de précieux secrets : ceux de la ville, de ses lumières, de ses mystères et de ses fastes, de la vie qu'on y menait et qu'elles découvraient grâce à la télévision, non sans espoir d'y accéder un jour.

L'une d'entre elles, qui se prénommait Ludivine, lui écrivait des petits mots qu'elle lui faisait passer par l'intermédiaire d'une copine pour ne pas se compromettre. Sébastien les lisait au retour, sur le chemin de la maison, les conservait précieusement, mais n'y répondait pas. C'eût été trahir la confiance de Pierre qui n'était pas dupe mais haussait les épaules en disant :

— Ces filles, putain ! Elles sont pires que les doryphores. Si elles pouvaient nous lâcher un peu !

Mais Ludivine ne lâchait rien, pas même en classe. Chaque fois qu'il se tournait sur sa gauche, Sébastien rencontrait ses grands yeux verts, ses boucles brunes, et son sourire qui, à lui seul, évoquait toute la douceur du monde.

Il s'évertuait alors à écouter le maître avec une concentration la plupart du temps feinte. Seuls dansaient dans sa tête les mots écrits par Ludivine, dont il se demandait où elle pouvait les trouver. « *Mon cœur ne bat plus que pour toi,* disaient-ils, *m'aimeras-tu un jour comme je t'aime ?* » Ou encore : « *N'aie pas peur, mon amour, je suis là, près de toi, et rien ne nous séparera.* » Avec ces mots-là, il le devinait, on pouvait accéder à un univers merveilleux. Un univers qui délivrerait définitivement de l'angoisse et de la maladie. Il lui arrivait de les relire, parfois, avant de s'endormir, espérant qu'ils susciteraient des rêves dans lesquels Ludivine chuchoterait contre sa joue ces mots magiques qu'elle écrivait dans le plus grand secret.

Ces dispersions, heureusement, n'affectaient pas les résultats scolaires de Sébastien. Il était le meilleur de la classe, juste devant Pierre qui n'en concevait aucune amertume.

— J'en ai rien à cirer, moi ! assurait-il. Il faudra que je reprenne la ferme, alors !

— Si tu n'en as pas envie, objectait Sébastien, personne ne peut t'y obliger.

— Ah ! Tu crois ça, toi ! On voit que tu ne connais pas mon père !

Sébastien, qui ne pouvait pas admettre une pareille injustice, l'évoqua devant Auguste et Cyprienne qui, connaissant le père de Pierre, n'en furent pas étonnés.

— Il ferait mieux de lui faire faire des études, s'indigna Auguste. C'est devenu vraiment trop difficile ici.

— Oui, observa Cyprienne, on dirait qu'il n'en bave pas assez, lui, et qu'il n'a pas compris.

Il y avait là un dilemme que Sébastien ne parvenait pas à résoudre : pourquoi ne pouvait-on vivre ici, alors qu'on y avait tout pour être heureux ? Lui-même n'avait-il pas envisagé de passer sa vie à Millac ? Il savait que c'était aussi le souhait de Pierre, même s'il ne désirait pas travailler dans une ferme :

— Tu ferais quoi, alors ? demandait Sébastien.

— Vétérinaire.

— Il faut étudier pour ça.

— Je le sais bien.

Sébastien, qui n'avait pas oublié l'épisode du veau de la Rouge et l'avait raconté à Pierre, était séduit par cette idée :

— On deviendra vétérinaires tous les deux, disait-il à Pierre, et on travaillera ensemble.

Celui-ci soupirait, faisait un signe négatif de la tête, mais une folle lueur d'espoir s'allumait dans ses yeux.

— Putain ! Si ça pouvait être vrai ! disait-il en détournant le regard pour dissimuler son émotion.

Ce projet secret, qu'ils n'évoquaient que lorsqu'ils étaient seuls, les liait l'un à l'autre indéfectiblement. Ils avaient trouvé la solution pour remédier à un avenir incertain. Ainsi coalisés, ils se sentaient plus forts, capables de faire front contre tout ce qui menaçait leur vie d'enfant, mais aussi celle à laquelle ils se croyaient destinés.

Un samedi de septembre, fidèle à sa promesse, Pierre demanda à Sébastien de le rejoindre le lendemain matin de bonne heure, pour aller relever les nasses qu'il avait posées la veille au soir, dans un petit affluent du Thézou, à cent mètres derrière sa maison. C'était un ruisseau très irrégulier, mais à l'eau limpide, où remontaient pour frayer des truites et des brochets.

— Comme si un braconnier dans ma maison ne suffisait pas ! s'écria Cyprienne à cette nouvelle. Voilà que maintenant j'en ai deux, et de la pire espèce !

Auguste, au contraire, qui se réjouissait secrètement d'avoir transmis à son petit-fils cette passion coupable, promit de l'emmener en voiture chez les Chassagne, le lendemain matin, pour qu'il n'ait pas à se lever trop tôt.

— C'est ça ! s'indigna Cyprienne, faites comme si j'étais pas là. En tout cas, c'est pas moi qui viendrai vous chercher chez les gendarmes !

Auguste haussa les épaules, changea de sujet, et Sébastien comprit qu'il avait partie gagnée. Afin de ne pas contrarier davantage Cyprienne, il se coucha tôt, mais ne réussit pas à dormir, trop excité qu'il était à l'idée de braconner avec Pierre. Auguste n'eut pas à le réveiller. À son premier pas dans le couloir,

Sébastien était déjà debout. Ils déjeunèrent rapidement dans la cuisine, pour ne pas avoir à essuyer de nouveau les foudres de Cyprienne, puis ils partirent alors que la nuit lourde et parfumée de septembre enveloppait encore les arbres qui surgissaient comme des fantômes gris dans la lueur des phares. Il ne leur fallut pas plus de dix minutes pour arriver au Verdier où Sébastien fit la connaissance du père de Pierre. Avec ses moustaches tombantes, ses grands yeux noirs qui roulaient dans des orbites saillantes, son chapeau mité de chasseur de sanglier, il lui parut redoutable. Les deux garçons laissèrent Auguste et le fermier en discussion et partirent le long d'un chemin de terre entre deux champs de maïs dont les feuilles frissonnaient doucement.

La pluie des derniers jours avait ameubli la terre, de même que l'herbe des fossés. Elles sentaient bon, dans le matin qui tardait à se lever en raison de la brume étirée sur la vallée. Elle était légère, cependant, et ne résisterait pas à la venue du jour. Pierre le savait, qui marchait devant, un sac à pommes de terre sous le bras.

Une fois au bord du ruisseau, ils attendirent, impatients, d'y voir convenablement, immobiles dans le parfum des sous-bois humides.

— La corde est là, à mes pieds, fit Pierre. L'eau a monté, depuis huit jours qu'il pleut. C'est bon signe.

— Alors, qu'est-ce qu'on attend ? demanda Sébastien.

— Si on n'y voit pas assez, on risque de perdre les poissons dans l'herbe et ils retomberont dans l'eau.

Les dix minutes qu'ils passèrent ainsi côte à côte parurent durer une heure à Sébastien. Des coqs chantèrent, et d'autres leur répondirent avec des enrouements parfois comiques. Les feuilles des arbres égouttaient la rosée du brouillard avec des soupirs. Enfin Pierre jugea qu'on y voyait suffisamment. Il se baissa, saisit la corde et tira lentement vers la rive la nasse qui se trouvait au milieu du courant. Il la fit glisser sur l'herbe, mais il avait déjà compris qu'elle était vide.

— Ça ne m'étonne pas, dit-il, c'était la plus mal placée. J'en ai posé deux autres. Viens !

Ils longèrent le ruisseau dont ils distinguaient l'eau grise, maintenant, à mesure que le jour se levait. Pierre s'arrêta au bord d'une anse sombre où l'eau bouillonnait, tira sur une grosse corde et murmura :

— Il y en a. C'est lourd.

La nasse apparut, et, aussitôt, fut agitée de soubresauts, traversée d'éclairs argentés. Les deux garçons, aussi impatients l'un que l'autre, se penchèrent vivement.

— Deux truites, fit Pierre. Elles sont belles.

Il souleva la nasse par le fond et elles glissèrent dans l'herbe, se tordant comme des serpents et battant de la queue. Sébastien n'en avait jamais vu de si grosses. Elles devaient mesurer cinquante centimètres chacune et peser plus d'un kilo. Sans émotion apparente, Pierre les enfouit dans son sac et dissimula la nasse dans un bosquet.

— T'as pas peur qu'on nous la vole ? demanda Sébastien.

— Ce pré est à mon père, fit Pierre. Personne ne s'y risquera. Viens !

Dix mètres plus loin, Sébastien ressentit la même excitation et la même impatience quand Pierre, avec précaution, tira de nouveau sur la corde.

— Il y en a encore, fit-il. C'est gros.

Dès que la nasse apparut, un violent remous l'agita, au point que Pierre échappa la corde.

Il jura, la rattrapa et, d'un ample mouvement du bras, l'amena sur la berge.

— Un brochet, fit-il. Attention aux doigts.

Le carnassier se débattait farouchement, se cognant contre le grillage de la nasse, et Pierre eut toutes les peines du monde à le faire glisser dans l'herbe, tant il était gros. Quand ce fut fait, il fallut maintenir le poisson, le temps de l'assommer avec un bâton, ce qui ne fut pas chose aisée, car il mesurait au moins soixante-dix centimètres, et sa gueule, largement ouverte et qu'il agitait en tous sens, menaçait les doigts. Dix minutes furent nécessaires aux garçons pour en venir à bout, après quoi Pierre enfouit la nasse dans une haie, chargea le sac sur l'épaule et s'exclama :

— Vite ! Il fait jour. Il faut rentrer dare-dare.

Il faisait jour, en effet, car la brume s'était levée en moins d'un quart d'heure. Les premiers rayons du soleil caressaient la terre des champs qui commençait à fumer. Sébastien reprit conscience de la réalité. Ce fut comme s'il avait vécu dans un autre monde et se réveillait brusquement. Mais c'était un monde enchanté, un monde à l'écart de tout, auquel Pierre l'avait fait accéder. Il observait le sac sur l'épaule de son camarade qui, lui, semblait pressé et ne se retournait pas. La vallée s'éclairait à vue d'œil, étincelante, maintenant, tandis qu'ils approchaient de la ferme. Juste avant d'arriver, cependant, Pierre se retourna, souriant, et, sans un mot, souleva le sac plusieurs fois, pour montrer qu'il pesait.

— Merci ! fit Sébastien.

— Pourquoi tu me dis merci ? fit Pierre, étonné.

— Parce que. Comme ça.

— Putain ! fit Pierre, comme si lui non plus ne trouvait rien d'autre pour exprimer leur complicité.

Et il se remit à marcher, devant Sébastien qui s'efforçait de mettre chacun de ses pas dans les siens.

Malgré l'école, malgré la compagnie de Pierre et des autres garçons, malgré Ludivine, il fallut bien retourner à Toulouse, comme chaque mois. Ce voyage fut très pénible à Sébastien, car son univers, au village, s'était agrandi, avait embelli, et, par contraste, la chambre de l'hôpital lui parut plus oppressante encore, plus austère que les fois précédentes. Jusque-là, il s'était efforcé de se dire guéri, mais au fond de lui, intimement, il savait bien que ce n'était pas tout à fait le cas. Le mois qui avait passé avait été trop heureux pour que ce bonheur fût remis en cause aussi abruptement.

Il devina que c'était aussi pénible pour Cyprienne, qui, le deuxième jour, attendit avec impatience, comme lui, le résultat des analyses que l'on effectuait dès leur arrivée. Le professeur ne se montra pas avant le soir, alors qu'ils avaient attendu sa venue toute la journée.

— Ça va, bonhomme ? fit-il en s'asseyant sur l'angle du lit, souriant, mais sans se départir toutefois de cette dureté incrustée dans son visage habitué à côtoyer trop de souffrances.

— Ça va très bien, fit Sébastien.

— C'est vrai, ça va bien, reprit le professeur dont les yeux noirs ne cillaient pas. On va continuer pour enfoncer le clou définitivement. Tu veux bien ?

— Oui, fit Sébastien.

— Tu vas rester un jour de plus, cette fois-ci. Ce n'est pas beaucoup un jour, n'est-ce pas ?

Sébastien ne répondit pas. Cyprienne, elle, avait froncé les sourcils. Le professeur se tourna alors vers elle et reprit :

— En plus des antimitotiques et des transfusions, nous allons lui faire de la cortisone.

Et comme le visage de Cyprienne se fermait :

— Ne vous inquiétez pas. Tout va bien. Il s'agit simplement de mettre tous les atouts de notre côté, de ne rien négliger.

Sébastien, lui, avait senti un grand froid l'envahir. Pour la première fois depuis qu'il venait à Toulouse, il se demanda si le professeur disait vraiment la vérité. Ce fut la question qu'il posa à Cyprienne dès qu'ils se retrouvèrent seuls.

— Bien sûr qu'il dit la vérité ! s'exclama-t-elle, mais il comprit que le doute l'avait saisie elle aussi et il en fut désemparé.

En un instant, il venait de tout oublier du village, de Pierre, d'Auguste, de Ludivine, et il avait retrouvé les sensations de ses premiers séjours. Il avait fait confiance au professeur, qui lui semblait aujourd'hui capable de dissimulation, en tout cas il ne disait pas toute la vérité.

— Alors il nous a toujours menti ! lança Sébastien à Cyprienne, ébranlée elle aussi.

Elle ne voulut pas le lui montrer, répondit :

— Qu'est-ce que tu racontes ?

— Tu le sais très bien : tout le monde ment.

— Entendre des choses pareilles ! soupira Cyprienne en haussant les épaules.

— Parfaitement ! Et toi aussi tu mens ! reprit Sébastien, désespéré.

— Bonté divine ! s'écria-t-elle, qu'est-ce que tu racontes ?

Elle reprit aussitôt, sans lui laisser le temps de répondre :

— C'est à moi que tu parles ?

— Oui, c'est bien à toi. Tu ne m'as jamais dit la vérité au sujet de ma mère. Je sais que ce n'est pas ta fille, que vous l'avez adoptée, Auguste et toi.

Il le regretta aussitôt, mais il était trop tard : Cyprienne, qui s'était d'abord tassée dans son fauteuil, se leva brusquement et disparut dans le couloir. Il voulut se lever lui aussi, mais ne le put : il aurait fallu arracher le cathéter. Il revoyait l'éclair de douleur traverser les yeux de cette femme dont il avait tellement besoin et qu'il venait pourtant de blesser volontairement. Il parvint à sonner l'infirmière, mais celle-ci se fit attendre. Il se sentit tout à coup désemparé, chercha des mots pour se faire pardonner, mais n'en trouva aucun qui fût digne de racheter ceux qu'il avait prononcés.

Cinq minutes passèrent. L'infirmière qui avait l'habitude de s'occuper de lui entra enfin, mais seule. Il ne sut que répondre quand elle lui demanda ce qu'il voulait. C'était une jeune femme blonde, aux yeux verts, rondelette, qui, sous son aspect, était en réalité très énergique. Sébastien l'aimait beaucoup.

— Je cherche ma grand-mère, dit-il enfin, quand elle eut vérifié par habitude ce qu'elle appelait « ses branchements ».

— Je ne l'ai pas vue dans le couloir, répondit l'infirmière, ça ne va pas ?

— Si, ça va, fit-il.

— Elle ne doit pas être bien loin, va, dit-elle en repartant. Repose-toi.

Il aurait bien voulu, mais en était incapable. Cyprienne devait s'en douter, car elle ne resta pas absente longtemps. Elle n'était pas femme à régler des comptes avec un enfant par la vengeance. Elle revint, bien décidée à ne rien montrer de ce qu'elle avait ressenti, et dit, d'une voix dans laquelle, comme à son habitude, perçait une colère feinte :

— La prochaine fois que tu auras envie de jeter du venin, tu me préviendras avant. Ça m'évitera d'avoir mal aux oreilles.

Ce n'était pas aux oreilles qu'elle avait eu mal, il ne le savait que trop, mais elle s'était reprise, à présent, et il eut l'impression qu'il ne fallait pas revenir sur ce qu'il s'était passé.

— Tiens, j'entends le chariot, dit-elle simplement. On va venir te débrancher.

Et elle ajouta aussitôt, comme si tout était oublié :

— Tu as faim ?

— Oui, dit-il. Ce soir, je crois que j'ai faim.

— Tant mieux !

Il se força à manger de bon appétit, comme pour lui montrer que rien n'avait assombri cette journée. Elle aussi mangea en exagérant sa satisfaction devant le plat de pâtes au fromage que, pourtant, elle n'aimait guère. Ensuite, dès que les femmes de service eurent débarrassé les plateaux, Cyprienne se réfugia dans la salle de bains, afin de se préparer pour la nuit. Sébastien se sentait épuisé. En tout cas il n'avait pas la force de revenir sur l'incident, même pour s'excuser. Entre ses cils mi-clos, il vit Cyprienne déplier le lit et s'allonger en soupirant. Sa voix le surprit à peine et, dès les premiers mots, le bouleversa :

— Pas ma fille ! Pas ma fille ! Est-ce qu'on aime moins un enfant parce qu'on ne l'a pas mis au monde ? Qui peut savoir ce que c'est que de se lever la nuit pour se pencher sur lui, de ne penser qu'à lui, de ne vivre que pour lui ? Quand elle est arrivée, cette petite, j'ai tout de suite compris que c'était la mienne, celle que j'attendais depuis toujours. Si elle ne l'était pas vraiment, elle est devenue ma fille aussitôt. Mais est-ce qu'on peut parler de ça ? Qui comprendrait une chose pareille ? Et d'ailleurs est-ce que ce sont des choses qu'il faut dire ? Et à qui ? Moi je lui ai donné ce que j'avais de meilleur et j'ai caché le reste. Je lui ai appris tout ce que je savais et c'est vrai que ce n'était pas grand-chose. Seulement à moi, on ne m'a rien appris et rien donné. Alors j'ai fait ce que j'ai pu, sans jamais calculer et sans compter ma peine. Et personne aujourd'hui ne peut me dire si j'ai bien ou mal fait. Je l'ai fait avec toute ma force, avec mes mains et avec le peu que j'ai dans la tête. Je ne crois pas qu'elle aurait été plus heureuse ailleurs...

La voix se tut, et Sébastien souhaita qu'elle en eût fini. Pourtant, au bout de quelques secondes, elle reprit, un ton plus bas :

— Moi j'ai fait tout ce que j'ai pu, toujours. Je n'ai jamais menti dans mon intérêt, mais dans celui des autres. Ou du moins je l'ai cru. En tout cas, je n'ai jamais pensé à moi d'abord, mais toujours à elle. Si c'était à recommencer aujourd'hui, je ne ferais pas mieux.

Le silence, enfin, retomba. Sébastien ne bougeait pas, faisait semblant de dormir. Il s'en voulait, ne songeait qu'à plonger dans le sommeil, afin de ne plus entendre cette voix qui le transperçait, l'accablait de remords. Cyprienne se tourna dans son lit si peu confortable, soupira, mais demeura silencieuse, et il en fut soulagé. Il finit par s'endormir, oublia enfin cette journée qui s'était si mal terminée.

Pendant les deux jours qui suivirent, cependant, il retrouva un peu de confiance. L'infirmière, en effet, lui expliqua que la cortisone faisait partie du traitement normal de la maladie à ce stade. Elle répondit avec franchise aux questions de Cyprienne, donna des précisions qui leur parurent convaincantes : les antimitotiques étaient destinés à freiner la mitose, c'est-à-dire la division des cellules, et donc la multiplication des globules blancs. Les transfusions servaient à renouveler le sang, et la cortisone, un anti-inflammatoire, agissait sur l'état général du milieu sanguin qui la véhiculait vers les cellules.

Cyprienne se montrait très admirative de ceux qui détenaient un tel savoir. N'ayant pas été à l'école, ou très peu, elle leur faisait confiance, car l'étendue de leurs connaissances la renvoyait à son ignorance et à son inculture. Elle pensait que des gens aussi savants ne pouvaient pas se tromper. Elle ne cessait de prendre Sébastien à témoin après chaque visite du professeur ou de l'infirmière :

— Tu as entendu ? Ils en savent, des choses !

Finalement, ce séjour s'acheva mieux qu'il n'avait commencé. En quittant l'hôpital, ce mois de septembre-là, ils avaient l'un et l'autre retrouvé la certitude que la guérison définitive était proche.

Il reprit donc l'école, renoua avec Pierre et les autres enfants à peu près dans les mêmes dispositions d'esprit qui étaient les siennes en les quittant. Toutefois, il avait fait un pas de plus vers Cyprienne, découvert à quel point, sous sa carapace, elle pouvait être vulnérable parfois. Il s'était juré de ne plus la pousser dans ses ultimes retranchements car il n'oublierait jamais le son de sa voix, le soir où elle s'était confiée dans l'ombre. Auguste, après avoir été inquiet de la journée supplémentaire passée à Toulouse, avait été rassuré par les explications de Cyprienne. Pierre, lui, avait posé une seule question :

— Ça va ?

— Oui, ça va, avait répondu Sébastien.

— Putain ! Je me suis inquiété, hier.

— Non, tout va bien.

Le sourire de Ludivine, d'abord grave, s'était éclairé au fil des heures. Sébastien ne doutait pas de recevoir une missive dans la journée. Elle lui parvint en fin d'après-midi et, bien qu'il s'en défendît, le toucha profondément. Quelques mots tracés d'une main maladroite et tremblante, qui étaient déjà des mots d'adulte, et qui pesaient leur poids de troublante sincérité : « *Quatre jours sans toi, c'est tellement long.* » Sébastien plia précautionneusement le message mais le relut plusieurs fois sur le chemin de la maison. Il regretta que Ludivine habite si loin, un hameau près de Groléjac. Malgré Pierre et ses préventions vis-à-vis des filles, il se promit d'y répondre. Il devinait qu'il y avait là une présence, une force qui pouvaient l'aider.

Le soleil, lui aussi, était revenu. Auguste prévoyait de vendanger le samedi suivant si le beau temps durait. Les pluies du début du mois, après avoir essoré le ciel, s'en étaient allées, laissant les collines et la vallée comme revitalisées après la canicule de l'été. On était à la fin de septembre. L'air sentait la futaille, les grappes chaudes, les premiers champignons. Auguste prépara soigneusement ses vendanges auxquelles il tenait par-dessus tout, n'ayant bu, pendant toute sa vie, que le vin de sa vigne.

Tous trois se levèrent de bonne heure, ce samedi, même s'il ne fallait qu'une matinée pour vendanger la petite vigne. Sans prendre le temps de déjeuner — Cyprienne emportait un panier de victuailles —, ils partirent au lever du jour sur le tracteur d'Auguste. Cyprienne et Sébastien étaient assis jambes ballantes à l'arrière de la remorque qui, en fin de matinée, ramènerait les comportes pleines de raisin. Il y avait du brouillard et il ne faisait pas chaud. Le village sembla sortir de sa torpeur, ce matin-là : ils étaient encore nombreux à avoir gardé une petite vigne sur les collines.

Une fois en haut, Sébastien, muni d'un panier et d'un sécateur, se plaça sur le côté droit de la première rangée, Cyprienne, face à lui, du côté gauche. Il commença à couper les grappes humides de rosée. Très vite, il eut froid aux doigts, mais ne se plaignit pas. Auguste, ce matin, ne plaisantait pas. Pour lui, le travail de la vigne et les vendanges étaient choses sacrées. Il vidait les paniers pleins dans la comporte qu'il avait placée au bout de l'allée, et, quand il était libre, il coupait lui-même les grappes de la rangée la plus proche de lui. Cyprienne demanda à Sébastien s'il n'avait pas froid mais n'attendit pas sa réponse pour ajouter :

— Le brouillard va se lever bientôt.

Effectivement, dix minutes plus tard, il se déchira brusquement, et la lumière du soleil vint embraser la vigne. La terre se mit à fumer. Ce fut un éclaboussement qui fit luire les toiles d'araignées et les feuilles humides.

— Regarde ! fit Cyprienne en se redressant.

Sébastien tourna la tête vers la vallée : elle étincelait comme l'eau d'un immense lac. On aurait dit que cette lumière-là avait été celle de la naissance du monde. C'est ce que pensa vaguement Sébastien. Il lui sembla que ce jour, dans sa beauté primitive, pouvait être le premier d'une guérison définitive, et cette pensée lui fut précieuse.

Ils travaillèrent encore une heure avant de manger un casse-croûte, assis au soleil, puis ils recommencèrent à suivre les rangées avec leur panier. Sébastien n'avait plus froid aux mains. Au contraire, il faisait chaud à présent, au point qu'il dut enlever son pull. Des guêpes vinrent bientôt rôder au-dessus des grappes violettes. L'air se mit à sentir le raisin écrasé. Auguste vint près d'eux pour finir de couper les grappes de la dernière rangée, puis ils retournèrent vers la remorque en portant chacun un panier plein. Voilà, c'était fini. Auguste souriait. Cyprienne avait l'air fatiguée. Ils remontèrent sur la remorque et rentrèrent lentement, dans le silence lumineux du jour, sous un ciel de porcelaine, d'un bleu très léger.

Une fois arrivés, Cyprienne regagna la maison tandis que Sébastien aidait Auguste à presser le raisin. Ce n'était pas difficile : il suffisait de tourner la grande manivelle qui activait les rouleaux du petit pressoir. Les raisins déchiquetés tombaient dans une comporte qu'Auguste, aidé par Sébastien, faisait ensuite basculer dans une grande cuve, celle où allait bouillir la vendange. Auguste voulut terminer le travail avant d'aller manger, malgré les appels de Cyprienne.

— Après le repas, on ira faire la sieste, dit-il à Sébastien.

Celui-ci le trouvait bien sérieux, pour une fois. Il ne pouvait pas savoir combien le vin, comme le pain, avaient été précieux à ceux qui travaillaient de leurs mains, qu'ils aient été paysans ou ouvriers. Auguste était de ces hommes-là, de cette tradition-là. Cyprienne aussi, d'ailleurs, qui buvait du vin à table et s'étonnait de voir son petit-fils l'apprécier si peu.

Le repas fut très gai. Auguste était content.

— On goûtera le vin nouveau avec des noix, dit-il à Sébastien qui feignit de se réjouir de cette nouvelle, bien qu'il ne connût ni la saveur du vin nouveau ni celle des noix fraîches.

Puis Auguste gagna sa chambre pour se reposer, et Sébastien fit de même, comme le lui recommandait Cyprienne. Alors qu'il se déshabillait, le message de Ludivine tomba de son pantalon. Il le relut plusieurs fois, toujours aussi touché par cette main tendue, cet élan vers lui, ces mots qu'auparavant il ne connaissait pas. Il s'étendit sur son lit, ferma les yeux. Comment faire pour la rencontrer, lui parler ? Il y avait plus de six kilomètres pour aller chez Ludivine, qui habitait le hameau des Granges, sur la route de Groléjac. Est-ce que la bicyclette d'Auguste le conduirait jusque là-bas ? Ce n'était pas le plus important pour le moment. Ce qui pressait le plus, c'était de répondre, afin qu'elle ne pense pas que ses messages ne rencontraient que de l'indifférence. Sébastien se leva, s'approcha de la table en bois brut qui lui servait de bureau, et écrivit à son tour des mots qui le dépassaient mais qui, en même temps, le rassuraient. Il déchira plusieurs feuillets, s'arrêta enfin sur un dernier qui disait : « *C'est pour toi que je guérirai.* »

Puis il se recoucha, avec en lui la conviction d'avoir noué un lien supplémentaire avec la vie, la vraie vie, celle qu'embellissait à chaque seconde la certitude de n'être pas seul, mais au contraire d'être aimé, retenu en ce monde par des mots, des regards, des présences qui l'aideraient à gagner le combat.

8

Le mois d'octobre avait passé, lourd et orageux, plein de murmures et de soupirs. Sébastien avait trouvé le moyen d'emprunter la bicyclette d'Auguste et de pédaler jusqu'au hameau des Granges où habitait Ludivine, mais il n'avait pas osé entrer dans la ferme. Il s'était arrêté au bout du chemin de terre, l'avait guettée pendant une heure, puis il était reparti, pour ne pas inquiéter Cyprienne. Il parlait quelquefois à Ludivine à l'école, pas longtemps mais suffisamment pour exaspérer Pierre qui s'exclamait :

— Putain, ces filles, quelle plaie !

Ils avaient toujours la même messagère, une copine de Ludivine prénommée Charlotte, qui continuait d'accomplir sa mission avec un dévouement exemplaire.

— C'est plus la peine de te cacher, disait Pierre, tout le monde le sait, alors à quoi ça sert ?

Leur amitié en souffrait, surtout quand Sébastien lui demandait pourquoi il se montrait si hostile envers les filles.

— On voit que tu connais pas ma frangine ! s'exclamait Pierre.

— Elles sont pas toutes les mêmes, objectait Sébastien.

— Des emmerdeuses ! concluait Pierre.

Ils étaient revenus une fois relever des nasses, d'où ils avaient retiré une énorme aiguille. Mais le temps, désormais, n'était plus favorable aux équipées d'avant l'aube. Il faisait trop froid. Cyprienne, qui veillait, menaçait :

— Il ne manquerait plus que tu attrapes une mauvaise grippe.

Elle préparait aussitôt un lait de poule — un jaune d'œuf battu dans lequel elle versait du lait, du sucre et du miel — et forçait Sébastien à l'ingurgiter. Il obéissait sans se plaindre, afin de pouvoir sortir à sa guise.

Ainsi, malgré les réticences de Cyprienne, Auguste avait emmené Sébastien dans les bois des alentours pour chercher les cèpes qui poussaient depuis le 10 octobre. Sébastien y était allé aussi avec Pierre qui était un spécialiste et ne plaisantait pas avec cette manne : vendus sur les marchés, les cèpes représentaient une ressource non négligeable pour ses parents.

Sébastien avait appris à reconnaître les cèpes à tête noire qui poussaient sous les pins et les sapins, et les têtes plus claires que l'on trouvait sous les châtaigniers, entre les fougères. À l'exemple de Pierre, il dédaignait les bolets rudes, dont la queue, granuleuse, les distinguait des vrais cèpes, mais aussi des espèces moins nobles, comme les pieds-de-mouton, les coulemelles ou les russules charbonnières. En revanche, il ramassait volontiers les girolles que Cyprienne ne mettait pas en conserve mais cuisinait dans de gigantesques omelettes délicieusement parfumées.

Le séjour à Toulouse n'avait pas apporté d'éléments nouveaux, ni dans un sens ni dans un autre. Il avait duré quatre jours, comme le précédent. Sébastien se sentait plutôt bien, même s'il était toujours très pâle, comme si le sang s'était retiré de son visage. Novembre était là, avec ses brumes froides, et ses machines géantes, semblables à de monstrueuses mantes religieuses, qui coupaient le maïs. Les feuilles avaient commencé à tomber, tourbillonnant dans les premières rafales d'un vent qui avait fraîchi en une seule journée.

Début novembre, la mère de Sébastien arriva pour les vacances de la Toussaint et parut satisfaite de sa visite chez le médecin de Millac qui s'était mis en rapport avec le professeur de Toulouse. Elle repartit quarante-huit heures plus tard, pressée par le travail et toujours incapable d'apporter le moindre secours à son fils. Le lendemain de son départ, Auguste emmena Sébastien chercher trente petits canards maigres dans le but de les gaver, avec Cyprienne, comme ils en avaient l'habitude chaque année, afin de vendre les foies gras à la Noël, au marché de Gourdon.

Le soir même, Sébastien assista pour la première fois aux opérations de gavage et en fut consterné : Cyprienne serrait les volatiles entre ses genoux, maintenait les ailes prisonnières de ses deux mains, tandis qu'Auguste actionnait le moulinet de l'appareil dont le tuyau s'enfonçait dans le bec des pauvres bêtes, jusqu'au cou.

— Vous leur faites mal ! reprocha Sébastien ce soir-là, étonné de la froideur méthodique de ses grands-parents.

— Dégourdi sans malice ! s'exclama Auguste, comment veux-tu faire autrement ?

Cyprienne, elle, haussa les épaules, mais ne dit rien. Sébastien préféra sortir de la remise et gagner sa chambre où il se mit à lire le *Moby Dick* d'Herman Melville. La baleine blanche lui fit oublier le sort des malheureux volatiles, et il se réjouit de la savoir capable de détruire les chaloupes des pêcheurs d'un seul coup de sa queue gigantesque.

Pendant les jours qui suivirent, il s'arrangea pour ne pas avoir à assister une nouvelle fois à l'opération de gavage et n'en parla plus. Il constata cependant que Cyprienne et Auguste ne se sentaient pas coupables de cette pratique pourtant si cruelle. Ils étaient habitués, comme tous les habitants des campagnes, à une certaine souffrance des animaux, que l'on devait un jour ou l'autre sacrifier pour les manger. Mais l'enfant de la ville qu'était Sébastien n'avait jamais vu que des volailles sous cellophane. Il lui fallut quelques jours pour s'habituer et admettre que Cyprienne et Auguste considéraient le gavage des canards comme un travail ordinaire, un travail dont ils avaient toujours eu besoin pour vivre.

À l'occasion du dernier jour de vacances, Auguste fit ses dernières cueillettes de l'année. En début d'après-midi, il emmena Sébastien ramasser les baies rouges des églantiers et les racines des mauves dont il se servait, en décoction, pour calmer ses maux d'estomac. Le soleil peinait à percer le brouillard, cet après-midi-là. La température ne s'était guère élevée depuis le matin, mais la marche réchauffait Sébastien qui prenait plaisir à découvrir sur les haies non encore dénudées les baies rouges qu'Auguste appelait des gratte-cul. Il fallait les cueillir en prenant garde de ne pas se piquer les doigts sur les ronces, ce à quoi s'efforçait Sébastien sous le regard goguenard d'Auguste dont les mains, couvertes d'une épaisse corne due au maniement des outils, étaient devenues insensibles.

Malgré ses précautions, Sébastien finit par se piquer et le sang se mit à couler de son index. Il confectionna un pansement avec un mouchoir en papier, mais celui-ci fut rapidement imbibé. La blessure n'était pas profonde, pourtant, mais le sang ne s'arrêtait pas de couler, lui rappelant les saignements de nez si fréquents du début de sa maladie.

— On va rentrer, dit Auguste, je n'ai rien pour te faire un autre pansement.

— Mais non, ce n'est pas la peine, protesta Sébastien, ça finira bien par s'arrêter.

Auguste ne répondit pas, poursuivit sa cueillette le long d'une haie qui séparait deux prés où poussaient des champignons de rosée, tandis que Sébastien, en le suivant, comprimait son doigt de sa main libre. Chaque fois qu'il relâchait sa pression, le sang réapparaissait, s'infiltrait entre les doigts, et des gouttes finissaient par tomber dans l'herbe. Auguste, préoccupé, se retournait de temps en temps mais ne disait rien.

Ils arrivèrent dans une combe très humide qui abritait trois saules magnifiques dont les branches tombantes semblaient agripper le brouillard pour mieux le retenir. Là, tout à coup, Sébastien eut très froid, de ce froid qu'il connaissait trop bien et qu'il n'avait plus ressenti depuis longtemps. Il eut peur et dit à Auguste :

— Rentrons.

Auguste ne répondit pas, mais il fit demi-tour et se mit à marcher très vite, ne prêtant plus aucune attention aux baies rouges des églantiers. Sébastien le suivait en ne songeant plus qu'à une seule chose : se réchauffer vite, très vite, et oublier la peur qui, de nouveau, l'étreignait, alors qu'il avait cru en être délivré.

Devant Cyprienne, il parvint à se dominer, à ne pas se trahir. Auguste arrêta l'hémorragie avec une de ses pommades et Sébastien sentit bientôt le froid le quitter. Il s'enferma dans sa chambre et s'efforça d'oublier ce qui s'était passé, mais au fond de lui, il savait : la maladie était revenue, et le prochain séjour à Toulouse ne ferait que le confirmer. Il devait de nouveau se préparer à se battre, entendre des paroles qui le transperceraient, tenter de protéger Cyprienne dont le regard, ce matin, lui avait fait beaucoup plus de mal que le froid qu'il avait ressenti.

Trois jours plus tard, dans la chambre blanche qui évoquait de plus en plus en lui la couleur de la neige, il reçut sans surprise la nouvelle d'une rechute grave :

— Ce n'était qu'une rémission, expliqua

le professeur, assis sur son lit comme à son habitude. Le mal est revenu. Les analyses ne sont pas bonnes.

Il ajouta, comme Sébastien et Cyprienne gardaient le silence :

— C'est fréquent. Il ne faut pas vous inquiéter : dans un premier temps, l'organisme a réagi au traitement, et puis les leucocytes se sont adaptés. La rémission n'était que provisoire, mais cela ne veut pas dire que la guérison définitive soit impossible. Il faut continuer, en modifiant légèrement le protocole.

Sébastien n'osait pas regarder Cyprienne. Il ne regardait pas davantage le professeur qui continuait de parler d'une voix monocorde, très douce, mais dont les mots ne l'atteignaient plus. Il entendit seulement les derniers :

— On va le garder quinze jours, et puis il pourra repartir. Mais il faudra qu'il se repose davantage et qu'il arrête l'école pour le moment. On mesurera l'évolution la prochaine fois et, si ça va mieux, on avisera en janvier.

Pourquoi le professeur ne s'adressait-il pas à lui ? Sébastien se posa la question, puis il compris que c'était parce qu'il ne le regardait pas. Cyprienne, elle, observait le professeur. Elle faisait mieux, même : elle le scrutait de ses yeux noirs où, pour la première fois, il pouvait deviner une défiance, un reproche muet. Et cela troublait le grand homme, qui murmurait :

— Vous savez, madame, la science a encore beaucoup de progrès à faire.

— Oui, je vois, fit Cyprienne.

Ce fut tout. Le professeur quitta la chambre, suivi par l'infirmière qui s'efforçait de sourire. Quand la porte se referma, Sébastien leva enfin les yeux vers Cyprienne qui se tenait bien droite, et le dévisageait. Il n'y avait nulle faiblesse, nulle plainte dans son regard. En tout cas rien de ce qu'il avait redouté. Elle était là, tendue dans toute sa force, dans sa volonté, pour prononcer les seuls mots qu'il attendait :

— Qu'est-ce que ça peut faire, deux ou trois mois de plus, à ton âge ? Tu braconneras bien assez vite !

Elle cilla, mais le ton de sa voix ne faiblit pas quand elle ajouta :

— Je vais téléphoner à Auguste.

Il n'eut pas le courage de la retenir. Elle se leva, puis, comprenant qu'il allait demeurer seul, à se répéter les paroles qu'il avait entendues couler de la bouche du professeur, elle s'assit de nouveau en disant :

— Ça peut bien attendre un peu. C'est l'heure où il s'occupe des vaches.

Le silence s'installa. Sébastien observait sa grand-mère, pour essayer de déceler une faille, mais elle se tenait toujours aussi droite, et son regard ne fuyait pas. Il sentit pourtant à quel point elle était ébranlée, et avec quels efforts elle allait chercher au fond d'elle-même l'énergie nécessaire au combat.

— Quinze jours, c'est trop long pour Auguste, dit-il. Tu vas repartir. Je préfère rester seul. Je suis habitué, ici, maintenant.

— Il n'en est pas question. Je reste avec toi.

— Quatre jours, comme d'habitude, si tu veux, fit Sébastien, mais pas quinze.

Il ajouta, sans lui laisser le temps de répondre :

— Pense à Auguste ! Il ne peut pas rester seul si longtemps.

Elle haussa les épaules, répliqua :

— C'est bien d'Auguste qu'il s'agit ! J'ai promis à ta mère de m'occuper de toi, alors je m'en occupe.

— S'il te plaît, Cyprienne, je préfère rester seul.

— Et voilà ! s'exclama-t-elle. J'ai compris : je ne suis plus bonne qu'à faire le ménage.

— Mais non, dit Sébastien, tu sais bien que non. Pense à Auguste, fais-moi plaisir.

Elle parut réfléchir quelques secondes, puis elle concéda :

— On verra.

Il en fut soulagé, car en réalité ce n'était pas pour Auguste qu'il s'inquiétait, c'était pour elle : demeurer quinze jours enfermée dans une chambre représentait une épreuve dont elle souffrirait en silence. Il ne se sentait pas le droit de la lui imposer. Mais il savait que s'il lui avait dit la vérité, elle se serait fait un devoir de rester, de lui montrer qu'elle était plus forte qu'il ne le pensait.

Il eut beaucoup de mal à manger, ce soir-là, et elle aussi. Il devinait qu'elle pensait aux paroles du professeur, qu'elle en pesait les mots, et qu'elle cherchait comment réconforter son petit-fils. Or, chaque fois qu'elle se trouvait devant une telle difficulté, elle finissait par parler de sa propre vie, de son enfance douloureuse, comme pour lui montrer que l'on pouvait triompher de tout.

C'est ce qu'elle fit, une fois de plus, ce soir-là, avant de s'endormir, tandis que Sébastien sentait la peur doucement refluer, à mesure qu'il s'assoupissait :

— L'année où j'ai eu la typhoïde, commença-t-elle, je couchais encore dans la grange. Eh bien, crois-tu qu'ils m'auraient fait entrer dans la maison ? Pas du tout. Remarque que je n'avais pas froid avec les bêtes : je m'étais fait un petit lit bien douillet, au creux de la paille, et, pour passer le temps, je m'amusais à compter les rats qui couraient sur les poutres maîtresses.

Elle soupira, reprit :

— Je suis restée couchée un mois, et c'est long, un mois, tu sais, quand on est seule toute la journée.

Sébastien comprit qu'elle essayait de se rapprocher de lui, de s'identifier à lui, pour lui montrer à quel point elle comprenait ce qu'il pouvait ressentir.

— Une nuit, j'ai bien cru mourir. La fièvre me faisait délirer et je voyais les rats plus gros qu'ils n'étaient. J'avais l'impression qu'ils s'approchaient de moi pour me dévorer. Et je criais, et je criais, mais personne ne venait m'aider.

Elle soupira de nouveau, ajouta :

— Et puis tout passe, tu vois. Je suis encore là aujourd'hui pour t'en parler.

Sébastien fut tenté de lui dire que la typhoïde n'était pas la leucémie, mais il y renonça. Il feignit de dormir. Il l'entendit se lever, s'approcher, se pencher vers lui, mais il ne bougea pas. Elle se recoucha sans bruit, et il guetta sa respiration qui, lui sembla-t-il, contrairement à son habitude lorsqu'elle s'endormait, s'accélérait. Il crut qu'elle pleurait et il eut peur, très peur. Il écouta, retenant son souffle. Non, il s'était trompé : elle respirait normalement. Rassuré, il se laissa couler dans un sommeil qui le délivra enfin des menaces et des dangers.

Les jours suivants, il tenta de la convaincre de partir. D'ailleurs sa mère n'avait-elle pas annoncé qu'elle viendrait à la fin de la semaine ? Cyprienne hésita jusqu'au dernier moment, et même lorsqu'elle eut pris sa décision, elle y revint sans cesse, se sentant coupable. Il dut insister, lui assurer qu'il préférait être seul, qu'il se sentirait mieux. Le professeur et l'infirmière achevèrent de persuader Cyprienne. Restait le plus difficile : partir vraiment, ce matin-là, une fois qu'elle eut fait sa toilette, rangé ses affaires dans son sac, donné ses dernières recommandations.

— Si on m'avait dit que je ferais un jour une chose pareille, moi, soupira-t-elle : laisser mon petit-fils tout seul dans un hôpital !

— Je préfère, Cyprienne, je te l'ai déjà dit.

— Tout de même, tout de même.

Elle se tenait immobile près du lit, ne pouvait pas se décider.

— Si tu veux que je revienne, fais téléphoner. Je prendrai le premier train.

— Oui, dit Sébastien, je sais. Allez, va.

— Je voudrais bien, dit-elle, mais je ne peux pas.

— S'il te plaît, fit-il.

— Alors tu veux que je m'en aille ?

— Cyprienne, on en a déjà parlé. On s'est tout dit. Pense à Auguste.

— Je pense à Auguste et je pense à toi.

— Va-t'en ! S'il te plaît.

— Oh ! Bonté divine ! s'exclama-t-elle en retrouvant ses défenses naturelles qui mimaient déjà la fausse colère. Qu'est-ce que je vous ai fait, Sainte Vierge, pour être traitée comme une moins que rien ?

Ce qui lui permit de saisir son sac, de ne pas embrasser Sébastien et de sortir de la chambre sans s'attendrir. C'est ce qu'elle souhaitait, il le comprit très bien et en fut soulagé. Voilà ! Il était seul, mais il l'avait voulu. Il imagina un moment Cyprienne sortant de l'hôpital puis attendant le bus qui la conduirait à la gare, son voyage, immobile et farouche sur la banquette du train, son arrivée au village et l'étonnement d'Auguste. Comment réagirait-il ? Est-ce qu'il ne lui reprocherait pas d'avoir abandonné son petit-fils ?

En entrant brusquement dans la pièce, l'infirmière blonde, toujours souriante, le tira de ses réflexions.

— Je suis là, moi, dit-elle en posant une main sur son bras.

Elle ajouta, en préparant ses flacons :

— Tu as bien fait. Crois-moi, il vaut mieux.

Sébastien en était persuadé, mais, dès la fin de la matinée, l'absence de Cyprienne lui parut plus difficile à supporter qu'il ne l'avait pensé. Il se rendit compte à quel point sa présence lui avait été précieuse en ces lieux si hostiles. Pourtant, il n'était pas en état de parler. Le nouveau traitement le fatiguait beaucoup. Il somnolait, réveillé seulement par des nausées qui, heureusement, ne se manifestaient plus par ces vomissements qui l'avaient épuisé.

L'infirmière avait allumé la télévision, baissé le son, et venait très souvent, comme si elle avait décidé de compenser l'absence de Cyprienne. Elle se montrait plus proche, plus maternelle, lui parlait doucement, très doucement, lui prenait la main.

— Ne t'inquiète pas, disait-elle, tout ira bien.

Sébastien lui en était reconnaissant, il se laissait aller comme lorsqu'il était petit, auprès de sa mère, le soir, et s'apaisait ainsi, se sentait flotter dans une eau tiède qui avait le parfum de l'infirmière, dont il n'avait jamais senti le pareil. Il était trop faible pour avoir une notion claire de la réalité. Il ne savait pas qu'on lui injectait aussi des tranquillisants, de manière à ce qu'il ne s'agite pas trop et qu'il ne décline pas moralement.

Deux jours passèrent, durant lesquels il s'efforça de s'habituer à sa demi-solitude, puis sa mère arriva, le samedi soir, vers quatre heures. Il la trouva défaite, anéantie comme au début de sa maladie, quand ils étaient seuls à Paris. Il lui en voulut de ce masque de peur qui rendait plus effrayants encore ses mots prononcés d'une voix désincarnée, vaincue, sans la moindre énergie, si différente de celle de l'infirmière. Il aurait préféré qu'elle reparte tout de suite, mais n'osait le lui demander. Il espéra qu'elle repartirait le lendemain à midi et que, d'ici là, le temps passerait vite.

Le soir, elle se montra si fébrile lors de la visite du professeur que celui-ci lui fit comprendre qu'il vaudrait mieux que Sébastien reste seul.

— Il n'y a pas lieu de s'inquiéter outre mesure, ajouta-t-il, les rémissions et les rechutes peuvent se succéder jusqu'à une guérison définitive. Nous faisons tout ce qui est en notre pouvoir. L'essentiel est qu'il se repose. Le traitement le fatigue beaucoup, mais c'est normal.

— Professeur, croyez-vous qu'il…

Elle allait dire : « qu'il guérira vraiment un jour », mais elle s'arrêta, tant sa question lui parut déplacée.

— Croyez-vous que ce sera long ? reprit-elle.

— Ce n'est pas le plus important, répondit-il sans pouvoir dissimuler une pointe d'agacement. L'essentiel est qu'il guérisse.

Et il en a la volonté, n'est-ce pas, Sébastien ?

Il approuva de la tête, esquissa un sourire. Les paroles du professeur lui avaient fait du bien : cette idée de rémissions successives jusqu'à une guérison définitive expliquait ce qui se passait tout en affirmant un espoir rassurant. À partir de cet instant, il vécut avec cette pensée qui lui parut d'une grande solidité. Le seul élément inquiétant était ce froid qui le saisissait encore, même la nuit, au moment où il s'y attendait le moins. Il s'imaginait alors être l'un de ces bonshommes de neige que les enfants construisent dans la cour des écoles, et qui fondent ensuite, en s'affaissant sur eux-mêmes. Il n'aimait pas cette image qui lui faisait entrevoir une issue négative et il s'en défendait de toutes ses forces. Alors, quand le froid le saisissait, il s'ingéniait à penser à autre chose, à Cyprienne et à Auguste, ses recours essentiels, mais aussi à Pierre, à Ludivine qui, aujourd'hui, lui paraissaient très lointains, trop lointains pour lui procurer le secours dont il avait besoin.

Le mercredi matin qui suivit la visite de sa mère, la porte s'ouvrit sur Auguste, qui surgit, l'air apparemment réjoui, en se frottant les mains.

— Il fait meilleur ici que dehors ! s'exclama-t-il en s'approchant du lit et en se penchant sur Sébastien pour l'embrasser.

— Auguste ! fit Sébastien, qui ne s'attendait pas à une telle visite et se sentit comme transporté dans un ailleurs protégé.

Avec son grand-père, en effet, étaient entrés dans la chambre un parfum de feuilles et de terre, l'odeur de la maison elle-même — mélange de café, de cire d'abeille et de légumes —, une odeur ménagère qui évoquait un bonheur lointain.

— Je t'ai apporté des livres, fit Auguste, souriant. C'est Cyprienne qui m'a dit : « Tu devrais aller le voir, ça lui fera passer une journée. »

Sébastien savait bien qu'il n'avait pas eu besoin de Cyprienne pour décider de venir à Toulouse et il savait aussi ce qu'il en coûtait à Auguste, si mal à l'aise hors de son univers familier.

Auguste approcha le fauteuil et s'assit près du lit.

— Il pleut, dit-il, mais c'est bon pour les truites : quand il y a beaucoup d'eau en cette saison, elles remontent plus nombreuses dans les ruisseaux depuis la Dordogne.

Il ajouta, comme s'il voulait éviter les questions :

— J'ai vu Pierre. Il m'a dit de te dire qu'il t'attendait pour poser des nasses.

— Je sais pas si je pourrai..., commença Sébastien.

— Bien sûr que tu pourras ! s'exclama Auguste. C'est un mauvais moment à passer. Mais quand les beaux jours seront là, que le soleil reviendra, je suis sûr que tu galoperas si vite que je ne pourrai pas te suivre.

Sébastien n'eut pas le cœur de montrer à quel point il doutait parfois de sa guérison.

— De toute façon, reprit Auguste, avec ce temps pourri on peut rien faire là-bas. Alors, autant se reposer et reprendre des forces.

Sébastien remarqua que la casquette qu'il tenait à la main n'était pas la casquette de base-ball, mais une autre, en laine écossaise.

— Oui, tu comprends, fit Auguste qui s'en aperçut, c'est à cause du train. Ils se seraient foutus de moi. Alors j'ai repris la mienne, celle que je porte l'hiver, pour ne pas prendre froid à la tête.

Il ajouta, dans un rire qui sonna faux :

— Tu sais ce qu'elle dit Cyprienne : la tête, c'est ce que j'ai de plus fragile.

Sébastien sourit, murmura :

— Moi, ce n'est pas la tête, c'est tout le reste.

— Ne te fais pas plus malade que tu n'es ! se récria Auguste. Tu sais bien qu'on ne guérit que si on le veut bien.

C'était une idée qui n'était jamais venue à Sébastien. Elle lui parut si séduisante qu'il demanda :

— Tu crois vraiment ?

— Pardi ! On peut aider un peu, mais la volonté c'est l'essentiel. Et moi je sais que tu veux guérir, au moins pour aller à la pêche.

Sébastien sourit, murmura :

— À condition que tu m'aides, toi.

— Je ferai tout ce que tu voudras.

— Tu me le promets ?

— Bien sûr que je te le promets.

Ils parlèrent de choses et d'autres : des canards qui grossissaient, des foies gras qui seraient beaux — du moins Auguste l'espérait-il —, de Cyprienne qui souffrait de ses rhumatismes, des vaches qui ne sortaient plus au pré, de Pierre qui était venu plusieurs fois aux nouvelles. Le professeur en visite les interrompit. Il ne s'attarda pas, mais durant tout le temps qu'il demeura dans la chambre, Auguste prit cet air humble, soumis, que Sébastien n'aimait pas. Ensuite, au moment où l'infirmière vint brancher les appareils de transfusion, Auguste sortit dans le couloir, et quand il réapparut, qu'il vit son petit-fils ainsi relié à ces flacons inquiétants, il ne retrouva plus son sourire. Ce fut comme si l'énergie qu'il s'était forgée depuis son départ du village avait fondu en quelques minutes.

— Tu peux t'en aller, maintenant, dit Sébastien.

— J'ai le temps : mon train n'est qu'à trois heures.

— Oui, Auguste, je sais, mais je préfère être seul.

Ce n'était pas vrai du tout, car la présence d'Auguste le ramenait à l'univers paisible du village, mais Sébastien souffrait de le voir incapable, maintenant, de cacher sa peine.

Auguste sortit manger son casse-croûte vers onze heures et demie, puis il revint s'asseoir, un peu réconforté, près de Sébastien. Il cherchait désespérément quoi dire, se sentait inutile, coupable même, de ne pouvoir aider son petit-fils. Il prononça les premiers mots qui lui vinrent à l'esprit, tout en sachant qu'il s'engageait dans une voie dangereuse.

— Tu sais, dit-il, je crois que ce sera une année de neige. En cherchant bien, je pourrai peut-être trouver quelques hellébores.

— Des roses d'hiver ?

— Oui. On en trouve quelquefois en décembre et même parfois jusqu'en février.

— Il le faudrait bien, dit Sébastien.

Il devinait que c'était là le seul moyen qu'avait trouvé Auguste pour lui apporter un espoir supplémentaire et qu'il devait faire semblant d'y croire.

— Tu en chercheras ?

— Dès le début de décembre.

— Merci, fit Sébastien.

Auguste détourna la tête, comme s'il avait honte. Il parla encore de choses et d'autres sans la moindre importance, puis il ne s'attarda pas. Il partit, avec sur son visage cet air coupable que Sébastien n'aimait pas, et l'enfant se retrouva seul, un peu plus désemparé qu'avant la visite de son grand-père.

Au cours de la semaine qui suivit, en écoutant l'infirmière et le professeur, il comprit qu'il allait sortir comme on le lui avait promis et, la délivrance approchant, il pensa de toutes ses forces au village, aux deux vieux qui devaient l'attendre. Sortir de cette chambre, de cet hôpital, c'était retrouver naturellement l'espoir d'une vie normale, oublier la peur et le froid. Là-bas, tout était possible, il le savait bien.

Il repartit vers Millac avec au fond de lui l'impression qu'il allait prendre un nouveau départ sur le chemin de la guérison.

La maison lui parut très grande après ces quinze jours passés dans une petite chambre. Il retrouvait enfin ce parfum qu'il aimait tant, de cire d'abeille, de café, de légumes et de soupe de pain. Comme il n'était plus question d'aller à l'école, Cyprienne lui aménagea un lieu de repos dans la cuisine-salle à manger, sur le divan qui se trouvait face à la télévision. Dehors il faisait froid. Sébastien prit l'habitude d'aller de la chambre au divan, pour lire, regarder la télévision sans jamais être seul : Cyprienne et Auguste faisaient en sorte de ne pas sortir en même temps. Ici, chez eux, l'enfant les sentait différents, plus forts, assurés dans leur certitude que leur petit-fils allait guérir. Ici, il n'y avait rien d'hostile, pas de chambre blanche qui sentait les médicaments, la pharmacie et la maladie. Une bonne chaleur régnait dans les pièces, car Cyprienne avait allumé la cheminée ancienne qui se trouvait à droite du divan. Ici, tout parlait de repos et de bonheur. Sébastien n'avait pas froid. Il lui manquait seulement l'école, et Pierre, et Ludivine dont il ne recevait plus de messages.

Il n'attendit pas longtemps Pierre qui arriva timidement un soir, après la classe. Cyprienne en profita pour aller aider Auguste à gaver les canards. Pierre serra la main de Sébastien, s'assit dans un fauteuil face à lui. Dans cette pièce qu'il ne connaissait pas, il se montrait emprunté, cherchait quoi dire, ses yeux noirs gravement fixés sur son ami.

— Putain ! dit-il enfin, ç'a été long, cette fois.

— Oui, fit Sébastien. Et ce sera long la prochaine fois.

— Ça fait rien : il faut guérir, c'est tout ce qui compte.

— Je vais guérir, dit Sébastien.

Ils demeurèrent un instant silencieux, puis Pierre raconta brièvement ce qui se passait à l'école, comment les copains s'inquiétaient pour lui, et aussi Ludivine. Sébastien mesura à quel point ce dernier aveu avait coûté à Pierre, connaissant sa réserve vis-à-vis des filles. Il lui parla aussi des nasses qu'il avait relevées vides, mais donna trop de détails, si bien que Sébastien devina que ce n'était pas vrai. Ils étaient aussi gênés l'un que l'autre tant ils savaient que leur préoccupation essentielle échappait à ces propos dérisoires.

— Même si c'est long, je guérirai, assura une nouvelle fois Sébastien.

— Je le sais, fit Pierre, ne t'en fais pas.

Et il ajouta, d'une voix ferme :

— De toute façon, en hiver, on ne peut pas faire grand-chose, alors ! L'essentiel est que tu sois guéri aux beaux jours.

Il attendit comme une approbation, un assentiment, mais le silence de Sébastien le meurtrit et il n'insista pas. Il parut se rappeler quelque chose d'important et sortit un cahier de son sac en disant :

— Le maître m'a dit de te porter les devoirs qu'on a faits depuis quinze jours.

Il ajouta, en tendant à Sébastien un cahier de textes :

— Il a dit aussi que tu n'étais pas obligé.

— Merci, fit Sébastien en prenant le cahier.

Pierre baissait les yeux, maintenant, comme s'il se sentait coupable de quelque chose. Croyant qu'il avait pitié de lui, Sébastien en fut blessé. En réalité, Pierre s'en voulait de se sentir impuissant à l'aider, ressentait le poids d'une injustice qu'il était incapable de combattre. Finalement l'un et l'autre furent soulagés de se quitter. Ils savaient qu'était né entre eux quelque chose que ni l'un ni l'autre ne méritait : une laideur, une souillure, qui les emplissait de gêne et les révoltait.

— Je reviendrai, dit Pierre.

— Non, fit Sébastien, je te dirai, moi, quand tu pourras revenir, d'accord ?

— D'accord, fit Pierre, qui parut soulagé.

Il serra la main de son ami, s'en alla, après un bref regard qui laissa Sébastien désemparé.

Les choses se passèrent mieux deux jours plus tard, avec celle que Sébastien attendait secrètement. Il avait espéré, dès son retour, que Ludivine viendrait le voir, mais il n'y croyait déjà plus quand une voiture se rangea dans la cour, le samedi suivant, en début d'après-midi. Cyprienne sortit pour accueillir les visiteurs, et Sébastien, derrière la fenêtre, aperçut Ludivine et sa mère, une grande femme brune qui paraissait connaître Cyprienne. Toutes trois entrèrent, la mère embrassa Sébastien, puis Ludivine fit de même après une hésitation.

— On vous laisse, dit Cyprienne en souriant d'un air entendu.

Les deux femmes sortirent, et Sébastien se retrouva seul face à la petite dont les grands yeux ronds restaient fixés sur lui avec une sorte de stupeur. Il leur était impossible de parler tant ils étaient émus. C'était la première fois qu'ils se trouvaient seuls, face à face, sans être épiés par les autres, comme dans la cour de l'école. Ludivine semblait paralysée. Ses boucles brunes descendaient sur ses épaules, rehaussant la matité de son visage tout entier tendu vers lui, en attente de nouvelles dont elle avait peur. Elle n'osait pas le questionner, elle dit simplement, comme l'avait fait Pierre :

— C'était long.

— Pour moi aussi, dit-il.

Elle sortit une enveloppe de son manteau, la lui tendit en disant :

— Je t'ai écrit tous les jours.

— Merci.

— S'il te plaît, ne lis pas maintenant.

— Non, j'attendrai d'être seul. Je vais la ranger dans ma chambre.

Il ne fut pas fâché de pouvoir échapper quelques instants à ce regard qui le fouillait, l'interrogeait, le jaugeait. Quand il revint, Ludivine n'avait pas bougé. Ses mains sagement posées sur ses genoux, elle reprit son examen, ses yeux aux éclats dorés ne cillant pas, comme si elle voulait lui transmettre un peu de sa force.

— Je sais que tu vas guérir, dit-elle enfin.

Et avant qu'il n'ait eu le temps de répondre :

— Il le faut.

— Oui, dit-il. Bien sûr que je vais guérir.

— Promets-le-moi, s'il te plaît.

Il n'eut qu'une brève hésitation, murmura :

— Je te le promets.

— Merci, Sébastien, fit-elle gravement.

Et après un soupir :

— Il le faut, tu sais. Sans toi…

Pour la première fois depuis qu'elle était entrée, elle baissa les yeux, voulut fuir son regard. Mais elle se redressa très vite, demanda :

— Quand tu seras guéri, tu viendras me voir, comme moi aujourd'hui ?

Il pensa à Pierre, mais ne put trahir ce regard dans lequel elle était tout entière.

— Bien sûr que je viendrai, dit-il.

— Chez moi ?

— Oui, chez toi, si tu veux.

Elle sourit. Puis, comme si l'essentiel avait été accompli, elle se mit à parler de l'école, des garçons, de Pierre qui, selon elle, avait été très malheureux.

— On a parlé de toi tous les jours, avoua-t-elle.

Lui, de son côté, ne lui confia rien de ce qui s'était passé à l'hôpital. C'était un autre monde, et il ne fallait surtout pas qu'ils se superposent. Ici, au village, il ne pensait qu'à lutter et à vivre. Là-bas, parfois, une grande lassitude s'emparait de lui, mais il ne l'aurait avoué à personne, et surtout pas à Ludivine.

La conversation prit bientôt un tour plus détendu. Elle lui livra quelques-uns de ses secrets, fit des projets dans lesquels il se sentit entraîné malgré lui. Puis, quand la voiture de sa mère se fit entendre dans la cour, elle se leva et l'embrassa très vite, au coin des lèvres. Il n'eut pas le temps de s'en étonner ni de la retenir : elle s'était déjà enfuie comme un oiseau effarouché, rejoignait sa mère qui, de nouveau, avait lié conversation avec Cyprienne. Ludivine partit après un dernier geste de la main en direction de la fenêtre, tandis qu'il gardait précieusement sur sa joue une tiédeur sucrée, d'une exquise douceur.

Le soir, lors du repas, Cyprienne et Auguste lui lancèrent des regards appuyés.

— Qu'est-ce qu'il y a ? demanda-t-il, feignant l'étonnement.

— Si j'avais eu une fiancée pareille, moi, à dix ans ! s'exclama Auguste.

— Et qui vient le voir dans un carrosse ! ajouta Cyprienne.

— Oh ! Ça va ! dit Sébastien, c'est une copine, quoi.

— Oui, on dit ça, fit Auguste. Une copine qui ressemble beaucoup à une fiancée.

— Tu ne l'as même pas vue, dit Sébastien.

— Je l'ai vue une fois, ça m'a suffi.

— D'autant qu'avec des yeux pareils, fit Cyprienne, on ne risque pas de l'oublier.

Ils continuèrent à le taquiner pendant tout le repas, mais il ne s'en montra pas vexé. Il comprenait qu'ils avaient trouvé là, dans ce jeu, non seulement la possibilité d'oublier leur inquiétude, mais aussi un sujet de conversation où le rire et la gaieté leur permettaient de lui insuffler l'espoir dont il avait besoin.

9

À la fin du mois de novembre, il y eut quelques belles journées, froides mais ensoleillées. Malgré les protestations de Cyprienne, Sébastien put sortir en début d'après-midi en compagnie d'Auguste. Plutôt que d'aller dans la plaine où subsistaient toujours de grandes zones d'ombre, même au milieu du jour, ils montèrent sur les collines où le soleil faisait fondre avant midi les gelées des matins. Ils s'arrêtaient le plus souvent dans la vigne autour de laquelle Auguste faisait brûler les sarments coupés depuis l'automne, et qu'il avait laissés à l'abandon dans une négligence coupable. Sébastien s'asseyait sur le banc, respirait la bonne odeur de bois brûlé, fermait les yeux pour mieux la sentir pénétrer en lui, jouant à croire qu'elle avait le pouvoir de le guérir. Parfois, craignant que le froid qu'il redoutait tant ne le submerge brusquement, il levait la tête vers le soleil, écartait les bras, paumes ouvertes, et il se sentait bien, même si ses jambes, souvent, tremblaient sous lui.

Il cachait soigneusement à Auguste ses instants de faiblesse. Celui-ci, cependant, n'était pas dupe. Il refusait de monter plus haut que la vigne, s'attardait volontiers dans la contemplation de la vallée au sein de laquelle il montrait les prés encore blancs de gel sur les bordures, les toits luisants du village, les peupliers sans feuilles le long du ruisseau, et le ciel, tout là-bas, dont on aurait dit qu'il étincelait sous une mince pellicule de verre. L'air sentait la fumée des cheminées, l'herbe corrompue par l'hiver. Sébastien s'efforçait de faire provision de tout, parfums et images, car un nouveau séjour à Toulouse approchait, et il lui semblait qu'il ne reverrait pas la vallée avant longtemps.

La veille du départ, il insista auprès d'Auguste pour monter plus haut sur les collines, dans le domaine des chênes nains et des châtaigniers. Auguste accepta de mauvaise grâce et ne cessa de se retourner pour surveiller le pas de Sébastien qui hésitait sur la terre durcie du chemin. Celui-ci, à bout de souffle, s'arrêta brusquement au milieu d'une clairière qui sentait la mousse. Et tout à coup le transperça cette sensation précise et douloureuse que c'était peut-être la dernière fois qu'il voyait tout cela. Il en fit la confidence à Auguste qui, revenant en arrière, l'attira contre lui dans un geste dont il n'était pas coutumier, murmurant :

— Allons ! Qu'est-ce que tu vas chercher ? Je te promets, moi, qu'on reviendra ici tous les deux avant la fin du mois.

Mais le son de sa voix n'était pas celui que Sébastien espérait. Il était en effet devenu maître dans l'art d'interpréter les voix, les silences, les regards. Cyprienne, seule, échappait à sa sagacité. Auguste, lui, cachait de plus en plus mal ses doutes et sa souffrance. Au point qu'il se hâta de rentrer, cet après-midi-là, et qu'il s'en fut bricoler dans sa remise jusqu'au repas du soir.

Sébastien repartit à Toulouse avec soulagement, même si Cyprienne, comme chaque fois, l'accompagnait. Elle avait promis de passer une nuit à l'hôpital et de reprendre le train le lendemain matin. En fait, il savait qu'elle voulait connaître les résultats des analyses effectuées dès son arrivée. Ils n'étaient pas bons. Ils n'avaient même jamais été aussi mauvais. Le professeur tenta de les minimiser, mais Sébastien, lui, savait. Elle aussi, sans doute, avait compris, car elle parut ébranlée un instant, avant de se reprendre très vite et de lancer :

— Donne-le-moi ton microbe, et je te garantis que je vais lui régler son sort, moi !

Il sentit qu'elle était sincère : qu'elle aurait vraiment souhaité être malade à sa place, et il en fut bouleversé, au point de se tourner de l'autre côté, vers le mur, pour qu'elle ne s'en rende pas compte.

— Il faut te secouer ! s'écria-t-elle alors. Tu ne vas pas me faire croire que tu es incapable de faire ce que j'ai fait moi, et je ne me trouvais pas dans un hôpital : j'étais toute seule.

Elle en revenait à sa typhoïde dont elle avait triomphé au même âge que lui, et, dans son ignorance des choses — sans doute feinte, d'ailleurs —, elle faisait l'amalgame entre ces deux combats, parce qu'elle n'avait pas trouvé d'autre moyen que celui-là, dérisoire, pour croire à une victoire dont elle se refusait à penser qu'elle s'éloignait.

— Ton microbe, si je le tenais, je le gaverais comme les canards jusqu'à ce qu'il éclate ! fit-elle avec une fureur véritable.

Sébastien parvint à sourire.

— Ce n'est pas un microbe, dit-il. C'est plus difficile.

— Qu'est-ce que tu en sais, si c'est plus difficile ? Tu ne m'as pas vue toute seule dans la paille. Je n'étais pas belle à voir, tu sais. Une vraie sorcière. Il ne me manquait plus que le balai et le chapeau !

Il rit de nouveau, mais prit soin de ne pas croiser son regard. Ce soir-là, cependant, Cyprienne parla moins que d'habitude. Elle resta plus longtemps dans la salle de bains, rangea inutilement la chambre avant de se coucher. Il aurait voulu l'entendre pour ne plus se sentir si seul malgré sa présence. Car c'était cela qui l'épouvantait : malgré elle, malgré Auguste, malgré Pierre et Ludivine, il se sentait seul, livré à lui-même, et le pire était de savoir que tous ceux qui l'aimaient ne pouvaient rien pour lui.

Il laissa passer une minute ou deux, puis demanda :

— Tu dors ?

— Non, fit-elle.

— Dis, Cyprienne, pourquoi cette leucémie ? demanda-t-il. Pourquoi moi ? Qu'est-ce que j'ai fait de mal ?

Il devina qu'elle cherchait une réponse introuvable, eut pitié d'elle.

— Et qu'est-ce que tu veux avoir fait de mal, à ton âge ? fit-elle avec une violence qui trahissait son désarroi.

— Alors pourquoi c'est tombé sur moi ?

— Est-ce que je sais ? s'exclama-t-elle.

Et elle ajouta aussitôt, soulagée d'avoir trouvé quelques mots :

— Ce que je sais, c'est que j'aurais préféré que ça tombe sur moi au lieu de te voir là, sur ce lit de misère.

Elle soupira, puis se tut. Il laissa passer quelques secondes, demanda encore :

— À quoi penses-tu ?

Elle répondit après un bref silence :

— Je pense qu'on ferait mieux de dormir.

Il aurait bien voulu, mais le sommeil, ce soir-là, malgré la fatigue, le fuyait. Il redoutait d'être isolé davantage, de se sentir encore plus seul qu'il ne l'était éveillé, trop loin d'elle, dont la proximité, la respiration le rassuraient.

— Cyprienne, fit-il.

— Quoi ?

— Parle-moi.

Elle soupira mais comprit que ce soir plus que jamais elle devait se montrer proche et attentive. Elle s'assit dans son fauteuil, remonta la couverture jusqu'à ses épaules et se mit à raconter tout ce qui lui passait par la tête : leur installation, avec Auguste, dans la petite maison de Millac où vivaient encore, à l'époque, les parents d'Auguste ; la cohabitation avec Anselme et Noémie qui avaient mis longtemps à accepter ce mariage, et puis tout était rentré dans l'ordre avec le temps. Elle précisa qu'Auguste ressemblait beaucoup à son père, que Noémie n'était pas facile à vivre, mais qu'elle était morte jeune, à cinquante ans, et que elle, Cyprienne, dès ce jour-là, s'était occupée seule de la maison. Anselme n'avait pas tardé à rejoindre sa femme : deux ans après seulement. Cyprienne les avait soignés l'un et l'autre jusqu'au dernier jour comme c'était la coutume à l'époque : on mourait chez soi, entouré de l'affection des siens.

Elle se tut brusquement, songeant sans doute qu'elle avait abordé là un sujet périlleux. Croyant que son petit-fils dormait, elle en fut soulagée. Il ne dormait pas, pourtant. Il se demandait comment il mourrait, lui, s'il devait mourir. Il lui semblait effectivement que la maison de Millac était le seul endroit où il était possible de s'endormir définitivement, sans avoir trop peur. Il faillit le dire à Cyprienne, mais il y renonça au dernier moment : parler de la mort était déjà faire un pas vers elle. Et il ne fallait pas. Il ne fallait pas non plus ébranler cette femme qui représentait la seule véritable force, le seul roc qui, autour de lui, ne se fissurait pas. Il s'efforça de garder une respiration régulière, de ne pas bouger, jusqu'à ce qu'il fût certain qu'elle s'était endormie.

Le lendemain, après bien des hésitations, elle repartit, comme il avait été convenu. Et Sébastien, une fois de plus, se retrouva seul dans la petite chambre blanche.

En raison des analyses, le professeur avait de nouveau modifié le protocole, et le traitement épuisait Sébastien. Il vomissait de nouveau, soutenu par l'infirmière blonde qui se montrait toujours aussi maternelle, après quoi il sombrait dans un état de semi-inconscience dans lequel il trouvait un peu de repos.

Sa mère vint le voir le samedi suivant, alors qu'il ne l'attendait pas. Il comprit qu'elle avait été alertée par le professeur, lequel lui indiqua, dès son arrivée, qu'il envisageait sérieusement de pratiquer une greffe de moelle osseuse et lui demanda de se soumettre à des analyses pour savoir s'il y avait compatibilité entre elle et son fils. Il lui demanda également de prévenir le père de Sébastien, afin qu'il accepte ces mêmes examens, sans quoi il faudrait trouver un donneur compatible, ce qui n'était jamais facile. Nicole promit de contacter son ex-mari qui était bien sûr au courant de la maladie de son fils. Toute cette conversation se déroula devant Sébastien, mal à l'aise d'entendre parler de son père et qui ne voulait rien attendre de lui. Il l'avait rayé de sa mémoire, comme si, inconsciemment, il le jugeait responsable de tout ce qui était arrivé.

Une fois le professeur parti, il en fit la confidence à sa mère qui répondit :

— Et si c'était la seule solution ? On n'a pas le droit de ne pas essayer.

Il lui en voulut de ces propos dans lesquels, comme toujours, il décelait une soumission à un homme qui ne le méritait pas. Il ne pardonnait toujours pas à son père de les avoir abandonnés, et surtout de les avoir constamment éloignés de Millac, d'Auguste et de Cyprienne, lors des vacances, le seul lieu où, Sébastien en était sûr aujourd'hui, il aurait pu oublier cette vie de disputes incessantes dans lesquelles tous les trois se débattaient. Il n'osa pas dévoiler ces pensées à sa mère qui repartit encore plus inquiète qu'elle n'était arrivée.

Cyprienne revint elle aussi, un mercredi, mais Sébastien aurait préféré rester seul. Ces incursions faisaient entrer trop de vie, trop d'espoir dans sa chambre et la lui rendaient insupportable. Il comptait les jours qui le séparaient de sa sortie, s'inquiétait auprès de l'infirmière de ne pouvoir sortir à la date prévue. De fait, ce qu'il redoutait se produisit la veille de son départ :

— Nous allons te garder encore un peu, lui dit le professeur. Mais je te promets que tu sortiras pour Noël. Tu verras, tu iras mieux : à partir d'aujourd'hui, je vais alléger le traitement.

Sébastien sonda le regard du professeur dont les yeux lui parurent de plus en plus noirs, mais sans la moindre duplicité. Il y avait de la force, au contraire, dans ces yeux-là. Il choisit de lui faire confiance et ne protesta pas. Ce ne fut pas le cas de Cyprienne qui accourut dès qu'elle apprit la nouvelle. Après un entretien avec le professeur, elle se radoucit et annonça, triomphante, à son petit-fils :

— Tu sortiras le 22, deux jours avant Noël, juste le temps de préparer le réveillon. Tu verras ce que c'est qu'un Noël à la campagne, avec ses grands-parents !

Elle lui donna une lettre de Pierre et une autre de Ludivine puis repartit au début de l'après-midi, apparemment rassurée. Sébastien lut les lettres une seule fois, puis demanda à l'infirmière de les jeter. Il y avait dans les lignes écrites par Pierre et par Ludivine trop de mots qui dissimulaient mal, en fait, une peur véritable. Il en souffrit, tenta de les oublier, s'efforça de songer seulement au jour de la sortie qui approchait.

La veille au soir, comme à son habitude, le professeur lui rendit visite et lui dit :

— Tu vas te sentir mieux. Je te laisse tranquille jusqu'au 10 janvier, si tout va bien. Tu as été très raisonnable et je t'en remercie. À nous deux, nous y arriverons. N'aie pas peur.

Lui, au moins, savait ce qu'il ressentait. Sébastien comprit qu'à cet homme il pouvait tout dire.

— C'est vrai que j'ai peur, fit-il, soulagé de pouvoir prononcer ces mots.

— Il ne faut pas. Tu guériras. Crois-moi : si tu le veux vraiment, tu guériras.

Le professeur lui avait pris la main, le fixait, ne cillait pas.

— Alors c'est entendu, ajouta-t-il, rendez-vous le 10 janvier.

— Oui, fit Sébastien. C'est entendu.

Et il se jura d'entrer chez Auguste et Cyprienne avec le sourire.

Le soleil était apparu dès que le VSL était sorti de Toulouse et avait illuminé la campagne tout au long de la route. Comme à chaque retour, Sébastien s'étonnait de pouvoir passer si rapidement d'un univers à l'autre : derrière lui la peur, devant lui l'espoir. Les chênes nains du causse, d'un rose cendré, semblaient avoir accroché à leurs branches des lambeaux de ciel bleu. On eût dit que le monde était neuf, que tout était possible, que tout recommençait, et Sébastien, comme à chacun de ses retours, retrouvait un refuge.

Cyprienne et Auguste avaient surgi dans la cour dès que la voiture s'était arrêtée. Il avait refusé leur aide malgré le léger vertige qui l'avait assailli dès qu'il avait posé le pied par terre, et maintenant, il était allongé sur le divan, face au sapin de Noël que Cyprienne, aidée par Auguste, avait décoré de boules rouges et vertes et de guirlandes d'argent. Ils s'affairaient autour de lui dans une agitation qui n'était pas naturelle et qui le mettait mal à l'aise.

Heureusement, ils durent aller s'occuper des canards dont c'était l'heure du sacrifice. Demain tombait ce fameux jour de marché au cours duquel Cyprienne vendait traditionnellement les foies gras. Comme ils ne voulaient pas laisser Sébastien seul, Auguste était allé demander à Pierre de venir lui tenir compagnie pendant la matinée. Pierre avait accepté, flatté que l'on fasse appel à lui, d'autant que son père, en cette saison, n'avait pas besoin de son aide. Pierre arriva de très bonne heure au moment où Auguste et Cyprienne s'apprêtaient à partir. Sébastien avait abandonné son lit et s'était installé sur le divan. S'il quittait sa casquette pendant la nuit, il la remettait dès qu'il se levait, craignant la venue de Ludivine, devant laquelle il se refusait à apparaître diminué. Avec Pierre, ce n'était pas pareil. Il se montrait tel qu'il était depuis le jour de leur rencontre.

— Alors quoi ? fit Pierre en s'asseyant face à lui. Je me suis fait du souci, tu sais.

— Moi aussi, dit Sébastien.

Comprenant que ce n'était pas lui qui souffrait le plus, Pierre baissa la tête

— J'y arriverai, reprit Sébastien.

— Putain, oui, on y arrivera, c'est sûr ! approuva Pierre d'une voix dans laquelle on décelait une fêlure.

Ils restèrent silencieux un instant durant lequel Sébastien soupesa la conviction de son ami. Mais Pierre lui sembla sincère et Sébastien songea que c'était parce qu'il ne connaissait pas la gravité exacte de son état. Malgré son besoin de partager tout, de ne plus se sentir seul dans la peur, il n'eut pas le cœur d'avouer la vérité.

— Est-ce que tu crois qu'on aura de la neige, cette année ? demanda-t-il seulement.

— Je crois pas, fit Pierre. Ou alors un peu plus tard.

Et, comme Sébastien paraissait déçu :

— Pourquoi ? C'est si important ?

Sébastien hésita à parler d'Auguste et de ses hellébores. C'était ridicule, et pourtant, malgré lui, il ne cessait d'y penser, s'était arrimé à cet espoir, comme si Auguste possédait un pouvoir dont tous les médecins du monde étaient dépourvus.

— Il neige plutôt en février, ici, reprit Pierre, mais en général, elle ne tient pas beaucoup au sol.

Il ajouta, devant l'air accablé de Sébastien :

— Sauf quelquefois. Je me rappelle d'une année où elle a bien tenu une semaine.

Il se tut un instant, reprit :

— Mais tu sais, c'est emmerdant la neige. Ça complique tout.

Sébastien hocha la tête, n'insista pas. Il demanda alors à Pierre de lui raconter ce qui se passait à l'école, et Pierre évoqua les jeux, les disputes, les alliances qui, parfois, se traduisaient par des règlements de comptes à l'écart du maître. Ensuite ils discutèrent de pêche, et Sébastien oublia la maladie pour penser aux prises qui l'attendaient aux beaux jours, le long des ruisseaux ombragés. En compagnie de son ami, sa vie reprenait un cours normal et il se sentit mieux. Ce matin-là, de surcroît, Pierre lui apprit à jouer aux cartes, et les heures s'écoulèrent dans l'insouciance, et le rire, parfois, quand Pierre, en abattant ses cartes, lançait ses jurons favoris dont la diversité étonnait toujours Sébastien. Ainsi, cette première journée, qui succédait au plus long de ses séjours à Toulouse, se prolongea-t-elle dans l'oubli des menaces qui s'étaient accumulées au cours des semaines passées.

Le surlendemain, 24 décembre, Nicole arriva au début de l'après-midi. À chacune de ses visites, Sébastien la trouvait plus changée. Elle paraissait lointaine, non seulement inquiète, chaque fois que son regard se posait sur son fils, mais, eût-on dit, préoccupée d'autre chose, comme si l'essentiel n'était plus là, malgré le danger qu'il courait.

Alors que Cyprienne et Auguste étaient allés faire des courses, Sébastien se retrouva seul avec sa mère, dans la salle à manger. Il souffrait de cette sorte de distance qui s'installait entre elle et lui, se demanda si elle n'avait pas rencontré un homme à Paris, et lui en voulut.

— Pourquoi ne m'as-tu jamais dit que tu n'étais pas leur fille ? demanda-t-il abruptement.

C'était le seul moyen qu'il avait trouvé pour se venger de ce qu'il considérait comme un abandon au moment où il avait le plus besoin d'elle. Elle eut comme un recul du buste, cilla plusieurs fois, répondit enfin, d'une voix lasse :

— Qu'est-ce que ça aurait changé pour toi, de le savoir ?

Et elle ajouta, après un soupir :

— Quelle importance ? Je suis ta mère, moi, et tu avais un père. Ce qui s'était passé avant ne pouvait pas compter pour toi... du moins je l'ai pensé. Tu comprends, moi je n'ai jamais souhaité une autre mère que Cyprienne ou un autre père qu'Auguste. Il y a des parents adoptifs qui rendent plus heureux que ne le feraient des parents naturels, et inversement, sans doute. Il n'y a pas de règle en la matière. Regarde : moi, j'ai été très heureuse pendant mon enfance, et toi pas vraiment, hélas. Ce qui compte, ce qui est important pour un enfant, c'est de se sentir protégé et aimé. Les vrais parents, ce sont ceux qui vous aiment, tu comprends ?

Il ne répondit pas. Elle avait raison. Ce qu'il regrettait seulement, en réalité, c'était le fait qu'Auguste et Cyprienne ne fussent pas ses vrais grands-parents. C'était là sa seule véritable souffrance, car cet homme et cette femme, aujourd'hui, comptaient pour lui plus que tout au monde. Mais personne n'était coupable dans cette affaire. Et sa mère pas plus que quiconque. Elle quitta son fauteuil, s'approcha, s'assit sur le divan, près de lui, passa son bras autour de ses épaules, le serra contre elle. Cyprienne entra à cet instant, fit mine de ne pas les voir et se mit en cuisine. Nicole se leva pour l'aider.

Le soir, il fut question de se rendre à la messe de minuit dans la petite église, mais Nicole s'y opposa. C'était trop de fatigue pour Sébastien et d'ailleurs il y faisait trop froid. Cyprienne, qui assistait de temps en temps à la messe — il n'y en avait plus qu'une par mois, car le curé établissait un tour de rôle entre les communes —, s'inclina sans même discuter.

Ils s'installèrent tard autour de la table pour réveillonner, mangèrent du foie gras, les huîtres apportées par Nicole, du saumon, et burent du champagne. Sébastien s'efforça de se montrer gai, y parvint sans trop de difficulté. Il fut question de Ludivine, des canards, des foies gras vendus à Gourdon, et

Sébastien ne tarda pas à sentir la fatigue. À onze heures, il ne tenait plus debout. Quand il demanda à aller se coucher, le visage de Cyprienne se ferma, puis elle déclara :

— Oui, tu as raison. Il faut que tu te reposes pour que demain tu puisses goûter ces confits de canard. Et d'ailleurs tu verras : il y a une surprise pour toi.

Il ne put s'interroger longtemps sur cette surprise car le sommeil tomba sur lui dès qu'il fut allongé bien au chaud sous son édredon de plumes. Il dormit sans le moindre rêve jusqu'au lendemain matin, s'éveilla vers huit heures, passa dans la cuisine où Cyprienne et Auguste étaient en train de déjeuner. Sa mère n'était pas encore levée. Il s'installa à côté d'eux, les yeux lourds de sommeil, ne remarqua même pas les paquets de toutes les couleurs au pied du sapin.

— Regarde là-bas ! fit Auguste.

— Le père Noël est passé, fit Cyprienne en riant.

Tous deux paraissaient très heureux, comme s'ils retrouvaient ce matin le temps de leur jeunesse, quand leur fille était enfant et qu'ils assistaient à la découverte de ses cadeaux.

Sébastien ne savait quoi dire. Il constatait non sans étonnement à quel point ce matin de Noël semblait les émouvoir.

— Tu ne vas pas les ouvrir ? demanda Auguste, qui paraissait impatient.

Sébastien se leva, se dirigea vers le sapin, s'assit sur le divan, songea qu'à Paris sa mère ne procédait plus ainsi depuis longtemps. Elle se contentait de lui donner ses cadeaux dès qu'il se levait, l'embrassait furtivement, et c'était tout. Son père, lui, n'était pas souvent là, même à l'occasion des fêtes. Toujours en déplacement, pour des missions qui dissimulaient mal des liaisons de plus en plus nombreuses. Mais Auguste et Cyprienne, eux, n'avaient rien oublié de ce qui faisait le bonheur d'un enfant, fût-il âgé de dix ans. Sous les paquets, il y avait même deux sabots de l'ancien temps, qu'Auguste avait nettoyés, polis et vernis, y compris la languette de cuir du dessus. Ils étaient beaux, brillaient dans la lumière, contenaient deux sachets de fruits secs : dattes, figues, pruneaux et abricots. Les paquets, eux, renfermaient des livres et des jeux de société, mais également un moulinet et des montures de pêche.

Quand il eut tout ouvert, Sébastien se retourna, s'aperçut que sa mère, en robe de chambre, était assise près de ses parents, et, comme eux, l'observait en riant.

— Merci ! dit-il en revenant vers eux.

Cyprienne se leva et l'embrassa. Nicole fit de même, puis Auguste, qui le retint un instant contre lui. Ils déjeunèrent en plaisantant, comme si ce jour de Noël avait fait disparaître tous les dangers, toutes les menaces.

À midi, il pensa que la surprise annoncée par Cyprienne était la venue de Pierre, mais à peine celui-ci eut-il fait son apparition qu'une voiture entra dans la cour. Sébastien la connaissait bien : c'était celle de la mère de Ludivine, que Cyprienne avait aussi invitée.

Ludivine entra dans une robe jaune qui mettait en valeur ses cheveux noirs, embrassa Sébastien en lui donnant le cadeau qu'elle avait apporté, puis elle embrassa aussi Pierre avec un naturel qui contrasta avec la confusion du garçon. Sébastien fut gêné vis-à-vis de Pierre de cette intrusion dans leur univers, mais celui-ci ne parut pas s'en formaliser. Il s'efforça même de tenir un langage plus châtié, de se montrer sous un jour plus aimable.

Ensuite, contrairement à ce que Sébastien craignait, le repas fut très gai, la conversation étant animée par Cyprienne et Auguste qui semblaient beaucoup s'amuser.

— Putain, c'est bon ! fit Pierre en mangeant son confit de canard et ses pommes de terre sarladaises.

Il essaya de se rattraper en bredouillant, faisant s'esclaffer tout le monde :

— Enfin, quoi, je voulais dire que c'était bon, putain !

Ludivine, elle, mangeait avec beaucoup de distinction, très droite, mais souriante, le regard fixé sur Sébastien qui en perdait ses moyens. Ce manège n'échappait pas à Cyprienne qui buvait du petit-lait, tandis qu'Auguste parlait de pêche avec Pierre. Nicole, elle, demeurait rêveuse, et silencieuse. Elle semblait ailleurs. Sa présence empêchait Sébastien d'oublier totalement la maladie, et il le regrettait.

Le repas dura longtemps, car après le confit, Cyprienne apporta un chapon et des marrons, puis un gâteau et de la crème blanche avec un cœur de chocolat au milieu. Il y avait longtemps que Sébastien n'avait plus faim, mais il se força à manger de tout, but plus que de raison du vin de Bordeaux qu'Auguste avait débouché, et il se sentit finalement tout drôle, flottant dans une léthargie heureuse, oubliant tout ce qui aurait pu ternir l'éclat magique de ces moments arrachés aux noirceurs quotidiennes.

À cinq heures, Ludivine repartit, non sans avoir glissé un message à Sébastien. Pierre s'en fut lui aussi, remerciant Cyprienne et Auguste avec des mots maladroits mais sincères, car il avait eu droit à du matériel de pêche. Sébastien se retrouva alors seul avec sa mère et ses grands-parents, et il lui sembla qu'un peu de tristesse envahissait la salle à manger. Auguste s'en aperçut et proposa une partie de Monopoly. Ainsi, pour Sébastien, s'acheva cette journée de Noël, qui avait été une halte, un répit sur le chemin périlleux qui était le sien depuis de longs mois.

Le lendemain, Nicole repartit à son tour, et il en fut soulagé. Il avait vérifié une fois de plus qu'elle ne lui avait été d'aucun secours mais ne lui en voulut pas. Il comprenait qu'il en serait toujours ainsi.

Il resta deux ou trois jours blotti entre Cyprienne et Auguste, se sentit bien, ou mieux, conformément à ce que lui avait prédit le professeur à Toulouse. Dehors, il ne faisait pas froid, le soleil émergeait régulièrement de la brume des matins, faisant jaillir une lumière blonde qui ruisselait des collines vers les prés.

Malgré les réticences de Cyprienne, Sébastien prit l'habitude de sortir en début d'après-midi avec Auguste, pour des promenades autour du village, qui, très courtes au début, s'allongèrent au fil des jours. Il avait promis à Cyprienne de se reposer le reste du temps : pendant la matinée et durant la soirée, après leur retour, passé quatre heures.

Au cours de ces promenades, ils parlaient peu, mais savaient ce qu'ils cherchaient l'un et l'autre sans se l'avouer : ces hellébores dont Sébastien avait l'impression que leur découverte rendrait possible sa guérison. C'était ridicule, il en était conscient, mais il devinait qu'Auguste avait le même espoir que lui. Il fallait le voir soulever avec son bâton l'herbe gelée par endroits, les branches déchues, le revers des fossés où les feuilles mortes formaient par plaques des tapis que le vent et le froid n'avaient pas encore dispersés.

Sébastien n'avait rien oublié de ce que lui avait dit Auguste au printemps dernier, la première fois qu'il lui en avait parlé : « fleurs blanches à cinq pétales, teintées de rouge à l'extérieur, nombreuses étamines jaunes ». Mais il n'y avait pas eu de neige encore, et Auguste avait précisé à l'époque qu'elle était indispensable, ou que, du moins, lui n'avait trouvé des hellébores qu'après la neige.

De temps en temps, le matin, Sébastien s'informait auprès de Cyprienne et demandait :

— Est-ce que tu crois qu'il va neiger ?

— Bonté divine ! s'écriait-elle, qu'est-ce que tu veux faire avec la neige ? Tu trouves qu'il fait pas assez froid comme ça ?

Il ne répondait pas, interrogeait le ciel, écoutait la météo, le soir à la télévision, et ne se privait pas de sortir seul, le matin, quand Cyprienne n'était pas là pour le surveiller, car elle se rendait toujours deux fois par semaine à Gourdon. Sébastien s'en était inquiété de nouveau auprès d'Auguste qui avait répondu :

— Elle est comme nous : elle n'est heureuse que quand elle peut galoper.

Il n'avait pas insisté et, au contraire, avait mis à profit ses absences pour s'échapper lui aussi. C'était très bizarre, cette sensation de se sentir beaucoup mieux, avec davantage de force, de ne plus sentir ses jambes trembler sous lui, même après une heure de marche. Pourtant, il n'osait pas s'en réjouir, et il avait raison. Un après-midi, alors qu'il marchait près du ruisseau en compagnie d'Auguste, le monde se mit brusquement à tourner autour de lui, et il perdit connaissance.

Trois minutes plus tard, le visage d'Auguste penché sur lui réveillait la peur qui l'avait quitté depuis quelques jours. Auguste ne dit rien, cependant ses yeux avaient perdu leur éclat et une ride profonde barrait son front. Il aida Sébastien à se relever, le soutint en prenant son bras pendant quelques mètres. Sans se concerter, ils avaient pris la direction de la maison.

— Tu peux me lâcher : ça va maintenant, fit Sébastien.

Auguste resta à portée de main, prêt à intervenir, mais il n'en eut pas besoin. Ils rentrèrent sans un mot, et ce fut seulement une fois qu'ils furent assis dans la maison chaude qu'Auguste retrouva la parole.

— C'est pas grave, dit-il, j'en suis sûr.

— Je sais, fit Sébastien.

Ce qu'il savait, c'était que la maladie était toujours là, cachée en lui comme un crabe monstrueux et qui le dévorait. Pour donner le change, il accepta de jouer aux cartes en attendant le retour de Cyprienne qui, avec son regard acéré, devina qu'il s'était passé quelque chose.

— Qu'est-ce que vous avez ? fit-elle, on dirait que vous avez avalé un parapluie.

— Qu'est-ce que tu racontes ? demanda Auguste avec une pointe d'irritation qui la surprit.

Elle n'insista pas, se mit à la cuisine, mais ne cessa de couler vers eux des regards anxieux.

À partir de ce jour-là, Sébastien se sentit de nouveau très mal. La trêve prédite par le professeur avait été de courte durée. Il le comprit, passa le temps qui le séparait du 10 janvier à dissimuler la faiblesse immense qui l'envahissait chaque jour davantage. Le 7, cependant, il ne put se lever. Quand il l'avoua à Cyprienne, elle dut se retenir à la porte de la chambre pour ne pas tomber. Il ne lui avait jamais vu des yeux aussi pitoyables, regretta aussitôt d'avoir parlé.

— Je voudrais repartir à Toulouse, dit-il.

Elle vint s'asseoir au bord du lit, ferma les yeux, puis, très vite, les rouvrit, comme si elle avait craint de se laisser aller.

— Je voudrais dormir, dit-il pour ne plus voir l'expression accablée de son visage.

Elle s'en alla en s'appuyant au mur, et dit simplement, une fois parvenue près de la porte :

— Je vais téléphoner.

Dès qu'elle eut refermé, il se laissa couler au fond de ce gouffre aux parois de neige dans lequel il se sentait de plus en plus éloigné du monde des vivants.

10

Cela faisait huit jours que Sébastien se trouvait à Toulouse, dans sa chambre trop blanche, mais cette fois Cyprienne avait refusé de le laisser seul. Nicole l'avait seulement remplacée le dimanche qui avait suivi sa nouvelle hospitalisation. Elle était apparue à Sébastien ravagée par le chagrin, méconnaissable, et, comme d'habitude, sans la moindre énergie à lui transmettre.

— Ton père a demandé à venir, dit-elle, mais je lui ai dit que tu ne voulais pas. J'ai bien fait, n'est-ce pas ?

— Oui. Je ne veux pas le voir.

Il y avait réfléchi, avait été tenté, mais son père était trop associé à une absence de bonheur, à une violence quotidienne insupportable et surtout, lui semblait-il, à sa maladie.

— Il a fait les analyses qu'on lui a demandées, avait ajouté Nicole.

Sébastien n'avait pas répondu, ayant décelé dans ces mots et le ton de la voix de sa mère une sorte de considération pitoyable qui l'avait glacé. Ils n'en avaient plus parlé jusqu'à ce qu'elle reparte, mais avait gardé une sensation de blessure, et en avait voulu à sa mère.

Heureusement, Cyprienne lui avait succédé dès le lundi matin, et Sébastien, une fois de plus, avait constaté qu'elle était la seule personne à pouvoir l'aider. Il avait demandé à Auguste de ne pas venir. Il ne pouvait plus supporter ce regard dévasté que, malgré ses efforts, son grand-père posait parfois sur lui, sans même s'en rendre compte. Après quelques jours de flottement, Cyprienne, elle, s'était reprise, et manifestait la même volonté de se battre à ses côtés. S'il le lui avait demandé, elle se serait même battue contre le monde entier, il en était certain.

— C'est seulement une fois qu'on a touché le fond qu'on peut remonter à la surface, disait-elle à Sébastien. Tiens, moi, une fois, dans la Dordogne, du côté de Groléjac, je suis tombée dans un trou. Je devais avoir sept ou huit ans et je ne savais pas nager, ou très mal. Eh bien je ne me suis pas affolée : je me suis laissée descendre, et quand j'ai touché les galets du fond, j'ai donné un coup de pied et je suis remontée. C'est comme je te le dis.

— Merci, Cyprienne.

— Arrête de me dire merci, ça me fait mal aux oreilles.

— Aux oreilles ?

— Oui, aux oreilles et aux dents.

Il ne put s'empêcher de sourire, comprenant qu'elle avait choisi cette voie, celle du rire, de la plaisanterie, la seule qui pouvait les sauver de la pitié ou du désespoir.

— Comment as-tu fait pour tomber dans l'eau ? demanda-t-il, soucieux de poursuivre dans cette direction.

— Je me rappelle pas. Je suis tombée, c'est tout.

— Je croyais que tu travaillais tout le temps. Qu'est-ce que tu faisais au bord de la Dordogne ?

— Oh ! Dis ! Le dimanche après-midi, tout de même, je m'échappais bien une heure ou deux.

L'entrée du professeur interrompit leur échange. Le professeur eut l'air surpris mais satisfait de le voir sourire. Il serra la main de Cyprienne, toucha l'épaule de Sébastien, s'assit sur le lit, le considéra un moment en silence, puis il murmura :

— Les choses ne se sont pas améliorées. J'ai constaté une hypertrophie de la rate tout à fait inattendue à ce stade. Nous avons parlé du problème avec mon équipe, et nous en avons conclu qu'il fallait pratiquer une greffe le plus vite possible.

— Alors nous en sommes là, fit Cyprienne.

— Oui, mais il ne faut pas s'inquiéter outre mesure.

Sébastien, lui, ne disait rien : il pesait tous les mots prononcés par le professeur, cherchait à deviner ce qu'ils cachaient, une fois de plus.

— Une allogreffe, précisa celui-ci, c'est-à-dire une greffe de moelle osseuse. Sur ma demande, son père a fait des analyses à Paris, mais pas plus que sa mère il n'est compatible.

Il ajouta, comme Cyprienne le dévisageait, atterrée :

— Je me suis rapproché de mes collègues de l'Institut Curie. Disons que si tout se déroule comme je l'espère, la greffe pourrait se pratiquer à Paris dès que nous aurons trouvé un donneur. En attendant, nous modifierons une nouvelle fois le protocole dans cette perspective.

— Je vais devoir rester ici jusqu'à l'opération ? s'inquiéta Sébastien.

— Non, tu pourras revenir chez toi entre-temps, ne t'inquiète pas.

Sébastien fut soulagé. Il voulait bien tout accepter, mais il avait besoin de revenir à Millac. Cyprienne paraissait désemparée. Elle avait envie de poser des questions, mais elle se sentait dépassée, soudain, par ce qu'elle venait d'entendre.

Le silence s'installa et le professeur ne partait pas. Il s'attardait, comme s'il avait autre chose à ajouter. Ses yeux noirs allaient de Sébastien à Cyprienne et inversement, il semblait réfléchir, ne pas vouloir laisser seuls cet enfant et cette femme qui lui avaient donné leur confiance et qui paraissaient lui reprocher ses paroles, comme s'il les avait trahis.

— Il n'y a pas d'autre solution, dit-il enfin, mais je suis sûr que c'est la bonne. Il faut me croire, bonhomme.

Sébastien hocha la tête, sourit. Il avait très envie de le croire, en fait. C'était même la seule chose qui le préoccupait : s'arrimer à un espoir qui puisse supprimer cette angoisse qui lui tordait le ventre, la nuit, quand il se réveillait brusquement et que la réalité de sa maladie lui sautait à l'esprit.

— Voilà, conclut le professeur. Nous gagnerons ensemble. J'en suis certain.

Son regard avait glissé de Sébastien vers Cyprienne, et elle comprit qu'il lui demandait son aide.

— Bien sûr qu'on gagnera, dit-elle.

Mais ce fut tout. Elle cherchait tout au fond d'elle les forces qui lui manquaient, soudain, et tentait de dissimuler de son mieux le doute qui l'avait saisie.

Dès que le professeur fut parti, toutefois, et dès que la porte fut refermée sur eux, elle s'exclama :

— Tu vois ! Je suis sûre que tu seras guéri pour le retour des beaux jours.

— Tu crois vraiment ?

— Eh ! Bien sûr que je le crois !

L'infirmière entra sur ces entrefaites, souriante comme à son habitude, et confirma de sa voix douce qu'avec une greffe de moelle osseuse le taux de guérison augmentait considérablement. Le seul vrai problème était de trouver un donneur. L'opération elle-même était maintenant parfaitement maîtrisée. En l'écoutant, Cyprienne s'était totalement reprise. Après avoir encaissé le choc, elle s'était redressée, semblait s'être forgé une nouvelle détermination.

Pendant les heures qui suivirent, elle ne cessa de parler des beaux jours à venir, des retrouvailles définitives avec la maison, le jardin, la vigne, le ruisseau, des soirs de juin sous les étoiles, de tout ce qui les attendait au village, une fois qu'il serait guéri définitivement et que la vie reprendrait son cours ordinaire, dans la paix des étés de là-bas.

— Dans quelques mois, répétait-elle, nous aurons oublié tout ça.

Sébastien acquiesçait de la tête, s'efforçait de partager son enthousiasme, demeurait tendu vers ce bonheur qu'elle lui promettait. Et ce qui, au départ, n'était qu'une bouée de sauvetage devint, par la force de sa parole et la conviction qu'elle y mettait, un aboutissement certain. Durant les huit jours supplémentaires qu'ils passèrent ensemble dans la chambre blanche, elle ne cessa de l'entraîner très loin par l'imagination, de lui faire partager une conviction qu'elle se forgeait au prix de grands efforts sur elle-même, soigneusement dissimulés.

Le 7 février, quand la neige tomba, Sébastien se trouvait à Millac. Ce fut Auguste qui le prévint un matin de la couche blanche qui avait recouvert les toits, les prés et les champs. Il avait commencé de neiger la veille au soir, mais comme Sébastien était déjà couché, il ne s'en était pas rendu compte et Auguste n'avait pas voulu le réveiller. Ce matin-là, la couche était épaisse de dix centimètres et des flocons tourbillonnaient encore dans la grisaille de l'air. Il faisait très froid. Il n'était pas question de sortir de si bonne heure, et d'ailleurs Sébastien n'en avait pas la force. Depuis qu'il était rentré au village, il passait ses journées allongé sur le divan, lisant peu, regardant de temps en temps la télévision, parlant avec Cyprienne qui, refusant de le laisser seul, avait renoncé à ses ménages à Gourdon.

Un peu avant midi, toutefois, il était sorti avec Auguste pour bâtir un bonhomme de neige devant la fenêtre, afin qu'il puisse l'apercevoir depuis le divan. Avant d'en terminer, incapables d'attendre plus longtemps, ils s'étaient battus à coups de boules de neige, puis Sébastien avait eu froid, très froid, et il était rentré, tandis qu'Auguste posait un vieux chapeau sur le bonhomme et enfonçait dans la tête ronde une pipe au tuyau ébréché dont il ne se servait plus depuis longtemps. Sébastien eut beaucoup de mal à se réchauffer. Renonçant à manger, il alla se glisser tout habillé sous l'épaisse couverture qui l'attendait sur le divan, demandant à Auguste si la neige tombait toujours.

— Non, c'est fini. Mais il y en a près de dix centimètres.

Quand Auguste eut bu son café, comme il s'habillait, Cyprienne lui demanda :

— Où vas-tu ?

Auguste ne répondit pas, se vêtit chaudement et sortit. Sébastien l'entendit traverser la cour, tousser, puis le silence d'étoupe qui régnait depuis le matin retomba, comme si le monde était enfermé sous une cloche aux parois d'une étrange douceur.

Ce jour-là, pendant l'après-midi, Sébastien parla peu avec Cyprienne. Elle avait épuisé toutes ses recettes d'espoir, et lui-même se sentait trop faible pour entretenir le feu d'une conversation dans laquelle il se heurtait toujours au même mur du doute et de la peur. L'un et l'autre étaient tout entiers réfugiés dans l'attente des beaux jours, faisaient en sorte de ne pas éteindre la lumière allumée par le professeur à Toulouse. Elle était très fragile, ils le savaient. Le climat, la blancheur du dehors correspondaient étrangement à ce que Sébastien, intimement, ressentait. Il se sentait glisser dans un univers de coton très froid qui, parfois, le recouvrait, et cette chute lente était accompagnée d'une immense langueur. Comment avouer cela à Cyprienne ? Comment lui dire que l'été lui paraissait trop lointain, qu'il fallait agir vite, que chaque seconde qui passait le faisait davantage descendre le long d'un puits où la neige allait finir par l'ensevelir ?

Il se leva à plusieurs reprises pour observer le bonhomme de neige qui s'était un peu tassé sur lui-même mais qui demeurait debout, cependant, tourné vers la fenêtre dans une sorte d'interrogation muette, comme si lui aussi attendait quelque chose. Peut-être Auguste, son bâtisseur, songea Sébastien, qui ne put résister au plaisir de sortir de nouveau, quelques minutes seulement, pour marcher dans la cour, ébloui qu'il était par ce sortilège de la blancheur, où l'on pouvait s'imaginer dans un monde exempt de souffrances.

Ce jour-là, Auguste, la mine sombre, revint très tard, à la nuit tombée. Il avait l'air malheureux. Sébastien devina d'où il venait. Ils n'avaient pas besoin de parler pour se comprendre : un regard avait suffi. Auguste n'avait pas trouvé d'hellébores. Mais comment aurait-il pu en être autrement avec cette neige ? Il fallait attendre qu'elle fonde. Il eut envie de le lui dire, mais le visage furibond de Cyprienne l'en empêcha.

Cela ne tarda pas. Le lendemain, dans l'après-midi, la pipe du bonhomme de neige tomba, puis le chapeau fit de même. À cinq heures du soir, il ne restait plus qu'un tas difforme, accablant, celui-là même auquel Sébastien avait déjà pensé plusieurs fois en s'identifiant à lui. Il ferma la fenêtre de bonne heure, s'efforça de l'oublier, attendit Auguste dans l'espoir insensé de quelques fleurs blanches qui le sauveraient. Auguste, ce soir-là aussi, revint les mains vides. Il était transi de froid, ses yeux pleuraient. Il étendit ses mains bleuies au-dessus du feu, et, comme s'il se sentait coupable, ne prononça pas le moindre mot.

— Mais enfin, où cours-tu comme ça ? demanda Cyprienne. Tu veux vraiment attraper une pneumonie !

Auguste haussa les épaules mais ne répondit pas. Dans le combat que tous les trois menaient, il avait choisi d'assumer sa part à sa manière. Il savait très bien qu'il était impuissant, et ses herbes aussi, mais il était persuadé que, dans le pacte tacite qu'il avait conclu avec son petit-fils, s'il devait y avoir une guérison, elle commencerait là : dans leur espérance au-delà de toute raison en une fleur qui n'avait pour elle que sa rareté et sa beauté. Puisque rare et belle était leur alliance, cette complicité où les mots, finalement, tenaient peu de place et s'effaçaient sous quelque chose d'indicible mais de tellement plus grand.

Pendant les jours qui suivirent, malgré les protestations de Cyprienne, Auguste continua de chercher. La neige avait disparu et le bonhomme de neige aussi. Après quarante-huit heures de redoux, il faisait maintenant très froid. Le ciel, aiguisé par le vent du nord, d'un bleu très clair, semblait emprisonner la cime des arbres. Sébastien ne parvenait pas à se réchauffer, même au fond de son lit. Cyprienne marmonnait devant ses fourneaux, s'en prenait au Bon Dieu, à ses saints, au monde entier. Auguste, lui, passait ses journées au-dehors, tendu vers une mission dont il était incapable de parler. Un jour, pourtant, il rentra plus tôt, et, dès qu'il eut enlevé sa grosse canadienne qui avait appartenu à son père et qu'il avait conservée précieusement, il s'approcha de Sébastien en tenant dans ses mains réunies en coupole les fleurs mystérieuses qu'il cherchait depuis plusieurs jours.

— Regarde ! dit-il d'une voix que Sébastien ne lui connaissait pas.

Ils étaient là, devant ses yeux, ces fameux pétales blancs, veinés de rouge à l'extérieur, ces étamines jaunes qui défiaient si bien le froid, symbolisant une force, un pouvoir incontestables. Sébastien saisit la mince tige qui portait les deux fleurs délicates, les respira, trouva qu'elles n'avaient pas d'odeur.

— Non, dit Auguste, elles ne sentent pas. Sans doute à cause du froid.

Mais qu'importait qu'elles n'eussent pas de parfum ! Elles représentaient autre chose, de bien plus important. C'était comme si, avec cette découverte, tout devenait possible.

Ils les observèrent longtemps tous les deux, les tournant et les retournant en tous sens, jusqu'à ce que Cyprienne, agacée, finisse par leur dire :

— Que tant d'affaires pour trois fois rien !

Ni l'un ni l'autre ne répondit. Sébastien se recoucha, tandis qu'Auguste battait en retraite sans oublier son trésor. Un peu après midi, alors que Cyprienne était allée faire des courses au village, il donna à boire à Sébastien une tisane que celui-ci ingurgita sans une hésitation. Surgissant sur ces entrefaites, Cyprienne marmonna des imprécations sur le temps, sur les gens, sur cet hiver qui n'en finissait pas. C'était là sa manière de détourner non pas sa colère mais son irritation au sujet d'Auguste.

— Bonté divine ! conclut-elle, j'aurai passé ma vie avec un sorcier dans ma maison !

Pendant les jours qui suivirent, Auguste sortit encore à la recherche de nouvelles fleurs, mais ne trouva plus rien. De toute façon, il fallait se préparer à revenir à Toulouse le 20 février. Il n'y avait plus de neige. À la place du bonhomme, demeurait dans la cour une tache plus sombre, celle des graviers qu'avait déposés la neige en fondant. Sébastien évitait de la regarder : il n'aimait pas la voir. À ses yeux, elle demeurait associée à l'idée d'une dissolution, lente mais irrémédiable. Il partit pour l'hôpital en espérant qu'elle aurait disparu le jour où il reviendrait.

Au cours de ce séjour-là, qui dura deux semaines, Cyprienne refusa de le laisser seul et resta près de lui les trois quarts du temps. Ils retrouvèrent leurs habitudes, rassemblant les moindres indices d'espoir, construisant face à face les fondations d'une guérison promise pour les beaux jours. L'infirmière et le professeur les y aidèrent de leur mieux en donnant des précisions, en citant des exemples dont les détails rendaient l'issue incontestable. Il ne semblait pas y avoir le moindre doute dans leur esprit. La seule issue envisagée était celle de la réussite. C'était là leur manière de préparer la greffe à venir dans les meilleures conditions. Sébastien et Cyprienne ne pouvaient pas le savoir et se contentaient de puiser, dans la confiance qui les entourait, le courage dont l'un et l'autre avaient besoin.

Un soir, le professeur leur annonça qu'ils avaient trouvé un donneur compatible.

— C'est une chance, tu sais, dit-il à Sébastien. Les probabilités de compatibilité sont extrêmement rares. Comment t'expliquer ?

Il réfléchit un instant, ajouta :

— Disons que c'est un peu comme si on cherchait des fleurs dans la neige, tu comprends ?

— Oui, dit Sébastien, je comprends.

— Et on n'en trouve pas beaucoup des fleurs sous la neige, tu sais, dit-il en passant la main dans les cheveux de l'enfant.

— Mon grand-père, lui, il en trouve, fit simplement Sébastien qui n'avait aucune envie de s'expliquer davantage.

— Alors c'est un grand-père extraordinaire, conclut le professeur en se levant.

— Oui, c'est vrai, fit Sébastien en se demandant si l'infirmière, à qui il avait fait des confidences, ne s'était pas laissée aller à en parler.

Mais il n'eut pas la sensation d'une trahison : plutôt celle d'une coalition autour d'un secret infiniment précieux. Il écouta le professeur lui communiquer la date de l'opération : elle avait été fixée au 16 mars. Il entrerait à l'Institut Curie trois jours avant, c'est-à-dire le 13. Cela lui laissait le temps de passer une semaine à Millac. Cette pensée aida Sébastien à admettre une nécessité qui lui paraissait redoutable et à sourire au professeur avant qu'il ne referme la porte.

Dès le lendemain, il rentra à Millac en VSL avec Cyprienne, et retrouva avec le même plaisir le village au-dessus duquel le temps s'était mis au beau. Il faisait froid, pourtant, surtout le matin. Mais il se sentait très faible, ne sortait que l'après-midi, et pas longtemps, car le vent du nord soufflait en rafales furieuses qui mordaient la peau. Pierre et Ludivine vinrent à plusieurs reprises, malgré l'école. Ils se montrèrent confiants dans la greffe à venir. Et cette confiance ne parut pas feinte à Sébastien. Eux aussi lui parlèrent des beaux jours qui approchaient, de tout ce qu'ils feraient ensemble, une fois l'été venu, et leurs regards ne se détournaient pas. Ou parfois celui de Ludivine, mais pour d'autres raisons bien moins redoutables. Pierre, lui, était déjà au-delà de la guérison :

— Je suis en train de te fabriquer des nasses, disait-il. Tu en veux combien ?

— Deux suffiront, répondait Sébastien.

Cependant, au fur et à mesure que le jour du départ approchait, il sentait revenir la peur qu'il connaissait trop bien. La nuit. Toujours la nuit, quand, seul dans son lit, il ne possédait d'autre recours que les propos rassurants du professeur dont la silhouette, dans l'ombre, demeurait cependant angoissante.

La veille du départ, au milieu de la matinée, il demanda à Auguste de lui faire parcourir en voiture les routes de la vallée, notamment celle qui longeait le ruisseau où ils avaient tant de fois été à la pêche. En suivant des yeux les grands peupliers et les saules cendrés, Sébastien ne put éviter de songer que c'était peut-être la dernière fois. Il s'en défendit, mais ne parvint pas à totalement repousser cette pensée qui le dévastait. Et il lui sembla qu'Auguste, au volant, songeait à la même chose. Le charme de ces retrouvailles se rompit alors d'un coup. Sébastien finit par demander à Auguste de rentrer.

L'après-midi, toujours en voiture, ils montèrent jusqu'à la vigne. Il faisait un peu moins froid, surtout à l'abri du cabanon, là où le soleil chauffait le banc et les pierres du mur depuis la fin de la matinée. Auguste était en retard : il n'avait pas encore taillé la vigne, et bientôt la sève allait monter. Il se mit au travail, suivi du regard par Sébastien qui s'efforçait d'incruster dans sa mémoire la silhouette de son grand-père penché sur les ceps. Au bout d'une heure, Auguste vint se reposer quelques instants près de Sébastien qui murmura :

— Et si je ne revenais pas ?

Auguste ne répondit pas tout de suite.

— Tu reviendras, dit-il au bout d'un temps qui parut une éternité à Sébastien.

Un lourd silence les sépara un instant. Malgré ses efforts pour ne pas se trahir, Sébastien murmura :

— J'ai peur, Auguste.

— N'aie pas peur, mon gars.

— J'ai peur d'être seul, reprit Sébastien, perdu, très loin.

Auguste parut réfléchir. Il attendit de longues secondes avant de dire doucement :

— Si tu devais partir, je m'en irais là-bas un peu avant toi, et je t'attendrais.

Sébastien crut qu'il avait mal entendu, mais Auguste répéta une deuxième fois, de la même voix très calme, les mots qu'il avait déjà prononcés.

— Tu ferais ça ? souffla Sébastien.

— Bien sûr que je le ferais.

— Et Cyprienne ?

— Cyprienne, elle peut tout comprendre, tu le sais bien.

Ils se turent. Sébastien entendait respirer contre lui cet homme dont il avait tant besoin et qui venait de prononcer des paroles que lui seul était capable d'exprimer. Un long moment passa, s'éternisa dans le silence clair des collines où la lumière, d'argentée, devenait peu à peu dorée, puis un rapace déchira le bleu métallique du ciel en lançant son cri tourmenté.

— Ma vigne ! fit Auguste.

Il se leva et, sans se retourner, se remit au travail, tandis que Sébastien, sur son banc, sentait maintenant, et pour la première fois depuis longtemps, la chaleur revenir en lui. Ils rentrèrent vers six heures, sans un mot, puisque tout était dit.

Le lendemain matin, il fallut se lever de bonne heure, car l'ambulance devait arriver à huit heures. Pierre et Ludivine étaient venus lui dire au revoir la veille au soir, mais Sébastien avait fait en sorte de ne pas trop s'appesantir. Ils étaient repartis très vite, pas fâchés, eux aussi, de ne pas trop montrer leur émotion. Il avait été convenu avec Cyprienne qu'elle n'accompagnerait pas Sébastien, mais elle avait promis de le rejoindre à l'hôpital juste après l'opération. Nicole, elle, attendait son fils à Paris.

Fort des mots prononcés par les uns et les autres, Sébastien monta dans l'ambulance qui démarra doucement et s'enfonça dans le brouillard du matin qui laissait présager une journée de soleil.

Sébastien pensa à Cyprienne qui, peu avant le départ, lui avait pris les bras, les avait serrés de ses mains de fer et avait dit en le regardant droit dans les yeux : « Tu vas guérir. Il faut me croire : tu vas guérir. »

D'autres mots virevoltaient dans sa tête, inlassablement : ceux de Ludivine qui avait écrit : « *N'oublie pas que je t'aime* » ; ceux de Pierre qui avait promis des pêches miraculeuses, des expéditions dans les bois, et même des braconnages nocturnes, ceux d'Auguste, enfin, dans la vigne ensoleillée, dont Sébastien gardait encore en mémoire l'intonation précieuse.

Ils lui avaient transmis la force nécessaire, il en était persuadé. Il reviendrait, c'était sûr, il reviendrait, puisque tous l'attendaient, là-bas, au cœur d'un monde où le soleil allait déchirer le brouillard du matin, et rendre la vie plus belle à ceux qui avaient tant besoin de lui.

Épilogue

Aujourd'hui, Sébastien, âgé de 22 ans, est étudiant à l'école vétérinaire de Bordeaux. Ludivine, elle, étudie la littérature à l'université de Toulouse-Le Mirail. Elle écrit de temps en temps à Sébastien qui, parfois, lui répond. Elle est très belle et elle le sait. Un peu trop, peut-être, pour Sébastien que cette beauté effarouche toujours.

Pierre a disparu au moment du service militaire.

On a dit à Sébastien qu'il vivait en Bretagne, qu'il s'était engagé sur un bateau où l'on pêche des crustacés dans des casiers. Un été, Sébastien s'est rendu au Pouliguen, a cherché sa trace dans toute la région mais ne l'a pas trouvé. Il ne désespère pas, pourtant, de le voir revenir un jour lui parler des grandes nasses qu'il laisse maintenant descendre au fond de la mer.

Auguste est mort d'une embolie, dans son sommeil, en 1995. Cyprienne l'a trouvé au matin, calme et détendu, souriant. Elle a aujourd'hui quatre-vingts ans. Chaque fois qu'il le peut, Sébastien vient la voir. Elle perd un peu la tête. Parfois, elle dit à son petit-fils :

— Surtout, ne va pas braconner avec Auguste.

— Non, répond Sébastien, ne t'inquiète pas.

Quand il s'en va, il se retourne toujours avant de franchir le portail. Elle le regarde s'en aller, debout, sans une larme. Un sourire, parfois, éclaire les lèvres mi-closes qui murmurent ces mots d'amour qu'elle n'a jamais pu prononcer.

Dans la même collection

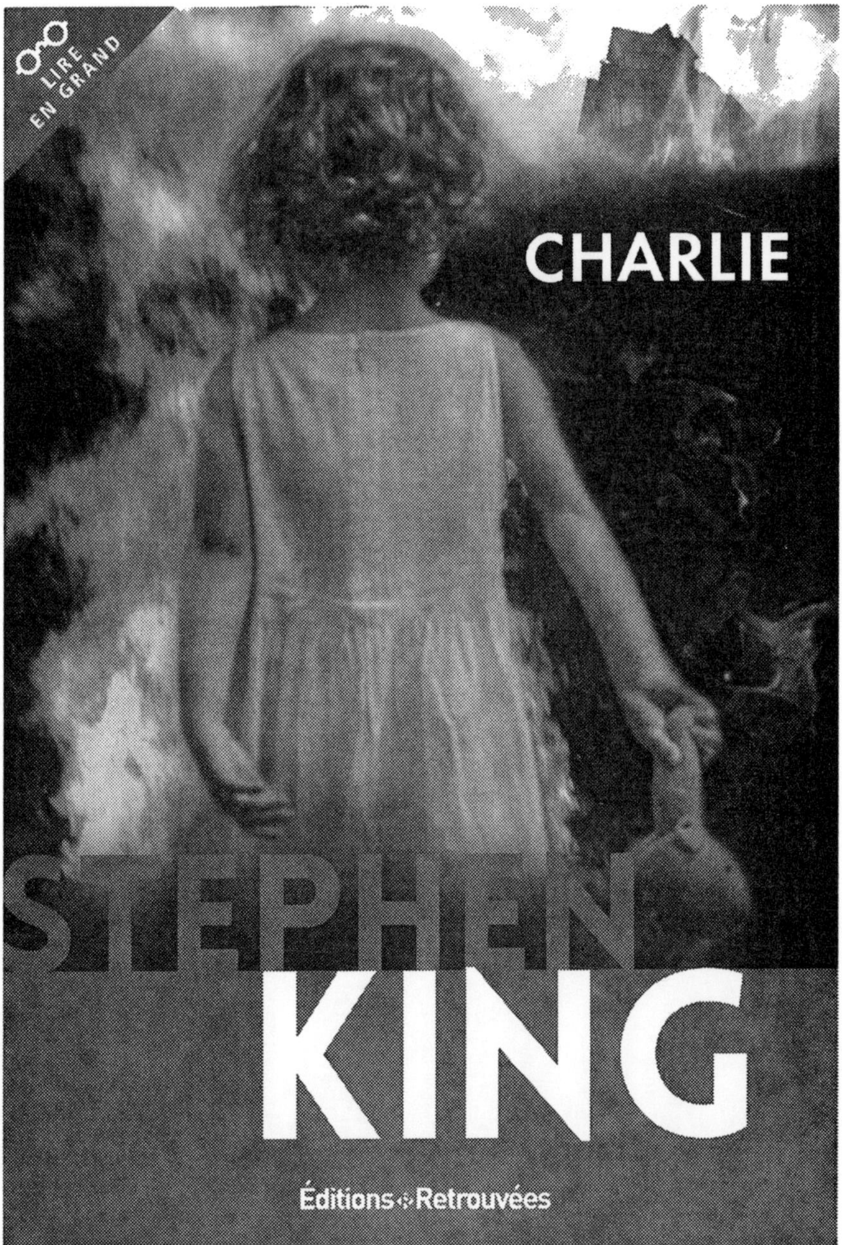

LIRE EN GRAND
PLAIDOYER
POUR LE BONHEUR
MATTHIEU
RICARD
Éditions Retrouvées

Mise en pages :
Patrick Leleux PAO
14730 Giberville

Cet ouvrage a été imprimé en France par
CPI Bussière
à Saint-Amand-Montrond (Cher)
en mars 2017

Dépôt légal : avril 2017
N° d'impression : 2028501
ISBN : 978-2-36559-177-5